主编　凌翔　　　　　当代著名作家美文自选集

书香，生命中最美的遇见

郭军平　著

民主与建设出版社
·北京·

© 民主与建设出版社，2019

图书在版编目(CIP)数据

书香，生命中最美的遇见 / 郭军平著 .—北京：民主与建设出版社，2019.12
ISBN 978-7-5139-2776-5

Ⅰ.①书… Ⅱ.①郭… Ⅲ.①随笔—作品集—中国—当代 Ⅳ.① I267.1

中国版本图书馆 CIP 数据核字（2019）第 248106 号

书香，生命中最美的遇见
SHUXIANG, SHENGMINGZHONG ZUIMEIDE YUJIAN

出 版 人	李声笑
著 者	郭军平
责任编辑	周佩芳
封面设计	陈 姝
出版发行	民主与建设出版社有限责任公司
电 话	（010）59417747　59419778
社 址	北京市海淀区西三环中路 10 号望海楼 E 座 7 层
邮 编	100142
印 刷	唐山楠萍印务有限公司
版 次	2020 年 1 月第 1 版
印 次	2020 年 1 月第 1 次印刷
开 本	710 毫米 ×1000 毫米　1/16
印 张	13
字 数	200 千字
书 号	ISBN 978-7-5139-2776-5
定 价	49.80 元

注：如有印、装质量问题，请与出版社联系。

目　录

第一辑　品文读典
上善若水读老子　002
读李白　005
读刘勰　008
读陆游　011
读贾平凹　014
陈忠实——我的文学精神领袖　017
走近散文家刘成章　020
独辟蹊径的作家安黎　023
一个人生命深处的"地坛"　026
作家的风骨　029
我是教师作家　031
从底层走出来的诗人　034
品读名师——尤屹峰　038

第二辑　追文溯源
文学是一种艺术的生活方式　042
文学的指向是什么？　045
文学能给我们带来什么？　047
文学如花木　049
文学是泅渡人灵魂的桥梁　052

01

文学真美　054
"玩好文学"与"文学好玩"　057
　　文学的"朝""野"之辨　060
　　自然是一本无言的美学巨著　063
　　散文就是散文，何来快餐化　066
　　　　文以气为主　069

第三辑　谈文论艺

优秀的文学能承担起文化建设的重任　072
深深植根于传统文化土壤的艺术大家　074
　　　写文章的灵感从哪里来？　077
　　　　　喻说读书和写作　080
　　　　　　视野决定品位　083
　　　　　　与高手过招　085
　　　　　语文是我成长的土壤　087
　　　　　　写作，是一种快乐　090
　　　　不会写作是人生最大的遗憾　092
　　　语文学习应重视社会生活实践　094
　　　　　　　文与道进　096
　　　　　　　文无止境　098

第四辑　品书话史

　　　　何为经典？　102
　　纸质阅读，还有意义吗？　105

吸纳与倾吐　109
知识改变命运　112
读《老子》　115
陈忠实的三句经典名言令我难忘　118
善良就是天堂　121
细节决定成败　123
保持快乐是前提　125
我爱读书　127
我们为什么要学文言文　129
知识和智慧　131

第五辑　惜时雅好

流年似水，生命如虹　136
敬"待"时间　138
时间是一座看不见的金矿　141
"懒"说　143
工匠精神从我做起　146
生活如诗　148
寻觅"净"境　151
其实你很幸福　154
"好瘾"与"坏癖"　157
人有爱好胜信仰　160
人生不可缺少的"后花园"　163

第六辑　修身养性

生活要多一点清洁精神　168
慧从静出　170
学学古人的优雅　173
君子之交与小人之交　176
"笑"说　179
"哭"说　181
"怒说"　184
做一个谦虚的人　186
戏说"对手"　189

你是千里马吗？　191
"嫉妒"是一种什么病？　194
说生气　197
出名要趁早吗？　200

第一辑　品文读典

上善若水读老子

老子思想博大精深，意味深长，耐人咀嚼。青年时期我就喜欢读老子的《道德经》，感觉老子思想实在是一种生存的智慧。

老子思想是以安身立命为本，讲求生存、讲求斗争的智慧。老子善于以水比喻人生，这是老子思想的一个核心。"上善若水，水善利万物而不争，处众人之所恶，故几于道。"老子讲求斗争，不提倡那一种逞强斗狠的斗争策略。在老子看来，柔弱胜刚强。柔弱的舌头比刚硬的牙齿存在的时间长；柔弱的水不争却能攻坚夺隘。老子的智慧可以说是把深刻的历史感悟与平常的生活现象结合起来进行生动形象说理的一门学问。言简意赅，精警深刻，便于记忆。

老子不提倡张扬，老子的智慧在于隐藏，不提倡硬碰硬，就是老子看到了硬碰硬付出的巨大代价。老子所提倡的"柔弱"其实也是一种隐藏的智慧。譬如水，看似柔弱无力，但是其暗藏的力量却是很大的。老子的隐藏推延到治国上，则提倡"国之利器不可以示人"。老子的这一种思想其实也是隐藏实力的做法，在兵法上就是讲求不能暴露自己的实力，以免让敌人有所防范。"留一手""杀手锏"应该是一个国家国防安全的保证。这是老子思想给我们的最大启迪。

对于财物，对于女色，老子提倡"慢藏诲盗，冶容诲淫"。财色都是容易引起人们欲望的一种东西。老子认为在容易引起人们欲望和邪念的这些方面，都要谨慎对待，不提倡炫耀，不提倡暴露。人们提防的最好办法是低调做人，藏好自己的财物，女子不要过分打扮，这样就不会惹来意外麻烦。这样看来，老子的思想还是着眼于人们的安身立命，也就是如何生存得更好，更长久。

有人说，老子的思想是消极哲学，其实这是对老子思想理解得肤浅，老子的思想其本质还是"攻"。不过老子的"攻"首先是要保住自己的前提的"攻"，而不是许褚式光着膀子地上阵。一个连自己性命都不能保证的人，怎么能取得"攻"的最后胜利呢？因此，老子总是从水的启示来启发人们，"上善若水，水善利万物而不争。"看似不争，其实最后水终能达到自己的目标。你看，一条溪流被岩石挡住了，水流呢，不是和岩石正面较量，而是巧妙地绕过岩石，从其一侧流过，最终还是达到了自己回归大海的目标。而不是因为和岩石在不停地纠缠以至于丧失了自己前进的时间。这就是水的智慧。故古语云"智者乐水"，大概就是因为智者总是能像水一样"因势利导""随物赋形"，最终成就自己。

老子在以水喻物时还以"江海所以能为百谷王者，以其善下之，故能为百谷王"的道理阐述人的心胸要宽广，要虚怀若谷，如海纳百川，有容乃大。民间也有"吃得亏，坐一堆"的道理，人与人相处，难免有利益上的往来，但是对于那种唯恐别人占自己便宜一毛不拔的吝啬鬼而言，是很难有几个朋友的。在对待人际关系上，人们有一句话是："一等人存人，二等人存物，三等人存钱。"这句话确实也不无道理。在人与人的交往中，我们还是要以"义"为上，不要为了钱财而伤亲情、友情。毕竟，金钱不是万能的，而宝贵的亲情、友情等也不是拿金钱能够买回来的。

　　老子的思想是博大精深的,随着年岁的增加,阅历的丰富,会让我们感到有一种常读常新的感觉。敬佩老子,这位两千年前的先贤,给我们留下了弥足珍贵的思想养料。思忖至此,不由得又想起了孔子对老子的评价:"鸟,吾知其能飞;鱼,吾知其能游;兽,吾知其能走。走者可以为罔,游者可以为纶,飞者可以为矢矰。至于龙,吾不能知,其乘风云而上天。吾今日见老子,其犹龙邪!"老子思想,真乃博大矣。

读李白

　　好一个潇洒豪放的醉诗仙，好一个斗酒诗百篇的诗天子！

　　有人说你狂，狂妄自大的狂；有人说你傲，傲慢无羁的傲。细看你的狂，如狂风卷碎石，如野马行千里，如天马之行空。你的狂，狂出了个性，狂出了热情，狂出了斗酒诗百篇，狂出了千百年后为后人们留下的快意诗百篇。

　　纵看诗国里，没有人可与你比肩，没有人可与你并雄，没有人可与你媲美，你是山间的青松，你是天上的彩云，你是人间的谪仙人。"笔落惊风雨，诗成泣鬼神"并非浪得一个虚名，"酒入豪肠，七分酿成了月光，余下的三分啸成剑气，绣口一吐，就是半个盛唐"。并非虚誉；"天子呼来不上船，自称臣是酒中仙"是对你的真实写照！

　　你的精神形象里，蕴含着屈子的忧国忧民，蕴含着"长太息以掩涕兮，哀民生之多艰"的悲泣！"噫吁嚱，危乎高哉！蜀道之难，难于上青天""霓为衣兮风为马，云之君兮纷纷而来下"。这其中，似又蕴含着屈子那灿烂瑰奇、无穷无尽的浪漫主义想象力。"人生得意须尽欢，莫使金樽空对月"。你的善饮,犹如刘伶,不到醉时不罢休;"脚著谢公屐,身登青云梯。半壁见海日,空中闻天鸡"。快意山水间,你似谢灵运,不到长城非好汉;"天生我材必有用,千金散尽还复来"。对名利的超脱,你又好像庄子,挥一挥手,不带走一片云彩;"长风破浪会有时,直挂云帆济沧海"。你的旷达豪迈,又如魏晋竹林七贤一般,宠辱不惊,看庭前花开花落;去留无意,望天上云卷云舒。

喜欢剑,你如剑一样锋芒毕露,寒光闪闪;如剑一样刚毅刚正,直斩天下邪魔。"丈夫生世会几时?安能蹀躞垂羽翼"?一把剑,蕴含着你的入世济世之心,蕴含着你的大鹏扶摇直上九万里的青云之志。然而时运不济,命途多舛,你的狂放不羁,不适合于宫中生存,奉诏起草诏书,醉意朦胧中,你令贵妃研磨,力士脱靴,终遭宫人忌恨,于是谗谤四起,众口铄金,积毁销骨,你的万丈才情还没使用,便刀入武库,马放南山了。

自此以后,你便以傲著称。须知,你的傲,是对权贵们脑满肠肥声色犬马的鄙夷,是对奴才们奴颜婢膝谗言献媚的蔑视。你的傲骨里,融汇着汨罗江的潮声,是屈子不苟且偷生苟延残喘精神的回应;你的傲骨里,是宁愿且放白鹿青崖间、须行即骑访名山自由精神的映射。"安能摧眉折腰事权贵,使我不得开心颜"!坚毅与决绝如凌霜之菊花,如风雪之寒梅,如黄山之迎客松,傲骨铮铮,挺立世间,无论何种狂风暴雨,也无可奈何!

于是,你追求明月,对月浇愁,对月感慨,对月述怀:"花间一壶酒,独酌无相亲。举杯邀明月,对影成三人。月既不解饮,影徒随我身。暂伴月将影,行乐须及春。我歌月徘徊,我舞影零乱。醒时相交欢,醉后各分散。永结无情游,相期邈云汉。"入世的孤独与无奈在现实的碰壁下总是寻找灵魂的出口。

幸亏,你还有朋友,在沉沉的天幕闪现一丝光亮。"桃花潭水深千尺，不及汪伦送我情"。你与汪伦的不解之缘成为文坛佳话。"先生好游乎？此地有十里桃花。先生好饮乎？此地有万家酒店"。热情的朋友说道。于是，你欣然而至。然而，却未见盛景。"桃花者，十里外潭水名也，并无十里桃花。万家者，开酒店的主人姓万，并非有万家酒店"。朋友的诙谐与幽默让你轻轻一笑，不仅不怒，反而为友人的盛情所感动。是日也，惠风和畅，清流映带，潭水深碧，清澈晶莹，你挥毫泼墨，即兴题下："李白乘舟将欲行，忽闻岸上踏歌声。桃花潭水深千尺，不及汪伦送我情。"至情流泻笔尖的文字啊！至今仍为学子们代代传唱。

又一次的努力，是心有不甘，还是少年大志的萌萌欲动。然而永王东巡的失败，注定你与政治无缘。也许上帝给了你诗人的天分，就关闭了你的另一扇窗户。这是不幸，也是幸运。否则，诗坛上就少了一位天子。

政坛上远不是你想象的"出则以平交王侯，遁则以俯视巢许"，你希望能像姜尚辅佐明君，像诸葛亮兴复汉室那样的理想只能付之东流。这样也好，政坛因此而少了一位拙劣的政客，而诗坛却多了一位潇洒自如的天才。

行走天地，笔墨纵横山水间。在"一生好入名山游"中，你豪情纵放，诗意浪漫。于是，干瘪的山水笑了，呆滞的流水乐了。巍峨雄奇的峨嵋、华山、庐山、泰山、黄山在你笔下吐纳风云，汇泻川流；奔腾的黄河，滔滔的长江，在你笔下的荡涤万物，席卷一切。

于是，在中华文化史册上，便矗立起一座诗歌的高峰；在人类自由精神上，便多了一位天才的诗人。

读刘勰

刘勰在中国古代文学批评史上是一位了不起的人物。在中国古代文学的理论高峰上，刘勰站到了一个很高的位置。可以说，刘勰是中国古代第一位对文学进行系统评价和进行理论上阐释的开山大家。

打开《文心雕龙》，我们可以看到作者研究范围之广、研究领域之深。无论是阐释理论基础的总序，还是条分缕析各个文体的特点，抑或阐述创作的道理，对作家作品的评析，结尾的总序，都可以让我们看到这是一部"体大而虑周"的中国有史以来最精密的批评的书。

《文心雕龙》是刘勰在文学理论和文学批评以及文学创作理论方面做出最大贡献的一部书。在中国古代文学史上，应该说是前无古人，后无来者。接触《文心雕龙》大概是五六年前的事情，虽然说《文心雕龙》是用古典的骈体文写成，在理解上有一定的文字障碍，但是，作者形象的阐释依然是鲜明的、生动的、活泼的。这在阐释理论方面的确不是很容易达到的事情，可谓"言浅而旨深"，耐人回味，耐人品味。

比如，在谈及情与辞的关系时，刘勰总结到："情者，文之经；辞者，理之纬；经正而后纬成，理定而后辞畅，此主文之本源也。"如此生动的一句话，就把思想为文章的灵魂和语言为文章的血肉的关系阐释得具体而又到位，同时又强调了彼此的主次关系，让人读后如醍醐灌顶，茅塞顿开。刘勰在《文心雕龙》里这样精警的话很多，每一句都值得我们好好品味，好好玩味。

如对文学创作的谆谆告诫：逍遥以针劳，谈笑以药倦。意在告诉创作者要通过安闲自在来消除劳累，通过谈话说笑去医治疲倦。人的体力或精神的疲倦劳累，都会影响到写作的质量，因此，只有通过一定的放松活动，如游山玩水，与人谈天说地等，都可以使身体放松，让精神达到自由自在、无拘无束、神情愉快的地步。作为写作爱好者，我亦常有这种感觉，当思维桎梏、头脑僵化、大脑没有灵性的时候，就总是记起刘勰先生的这句话进行放松，而在放松之后，就常常能收到事半功倍的效果。这真可以说是得益于先生的教诲。《文心雕龙》语言简约、精警，又以骈文出现，因此读起来朗朗上口，便于记忆。我于五六年前喜欢上刘勰的《文心雕龙》，读过的次数不下百遍，至今还常常翻阅，因此所获常常很多。常读此书，我能感觉到自己的形象思维得到了很快地发展。我曾即兴用骈文的形式写下了一篇非常精彩的《作业赋》，这篇赋文受到了同行的称赞。这篇赋文文辞精彩，底蕴深厚，同时又有蕴藉，富有象征意义。故至今我都认为那确实是一篇很好的赋章。也许这篇文采壮丽的辞赋使我发现了自己身上所具有的文学潜力。于是，我没有停歇，继续走近文学灵魂，触摸文学的真谛。这便有了我后来的一篇又一篇的成熟文章的发表。成功的斩获一次又一次地激励了我，使我进一步摸索到写作的真谛，那就是刘勰先生的谆谆教诲"积学以储宝，酌理以富才"；"熔铸经典之范，翔集子史之术"。刘勰先生的每一句话都让我受用无穷。

有时，我也把今人编写的文学理论、文学史等书籍与《文心雕龙》比对读，感觉到今人的不少思路都曾受刘勰启发。这更让我感觉到刘勰的贡献之大、研究之深、影响之远。而在理论上，刘勰的句句话都可以拿来做经典、做诵读。这是今人不可企及的。由于佩服这部经典，因此，我常常想刘勰是在什么样的情况下写出这样的一部书的。经核查，定林寺闯入我的眼帘。据《梁书·刘勰传》记载，刘勰早年家境贫寒，笃志好学，终生未娶，曾寄居江苏镇江，在钟山的定林寺里，跟随僧佑研读佛书及儒家经典，三十二岁时开始写《文心雕龙》，历时五年，终于写成我国最早的文学评论巨著。原来我敬仰的这位前贤，是伴随着经卷油灯钟磬木鱼声，在看似孤寂而又乏味的清教徒式的生活下完成的这部皇皇著作。

　　孤独，成就了这位文学大家。也要感谢孤独，才让我们今天能够捧读到如此精美的著作。往深里想，倘若一个人爱好某种事情，其实并不孤独。在钟山定林寺幽静的环境里，在远离了尘世嘈杂、灯红酒绿诱惑的情形下，钟山定林寺恰好给予了他一颗可以安定下心灵的地方，让他与先贤对话，让他与古今大作家对话。也许，在写作时，呈现在作者眼前的，正是他这样生动的描述："寂然凝虑，思接千载；悄然动容，视通万里，吟咏之间，吐纳珠玉之声；眉睫之前，卷舒风云之色。"

读陆游

陆游是南宋著名爱国诗人，也是一位军旅诗人。陆游生活的时代正是南宋内忧外患之际，作为传统知识分子，陆游饱读诗书，深受儒家文化熏陶和影响，故年少时即具有"修身、齐家、治国、平天下"的理想。陆游年少时即得志，但从不苟且于富贵之地、温柔之乡。他作为传统知识分子，身上具有强烈的忧患意识、担当意识，以天下为己任，是对他的精神形象的逼真写照。

对于国土的沦亡，陆游是坚定的主战派、强硬派。他从不苟且偷生，留恋卿卿我我温柔之地，虽然他年少得志，才高八斗，但并没有以此作为他炫耀和谋取名利富贵的资本。他不阿谀权贵，不在官场投机钻营，不为头上的顶戴花翎而丧失一个知识分子的尊严。他骨子里，是一位诗人，是一个对国家、对民族、对生存的这片土地爱到骨髓里的人，他的意识形态只有"大我"，没有"小我"。投笔从戎，立志报国，他身上有班超那种"大丈夫无他志略，犹当效傅介子，张骞立功异域，以取封侯，安能久事笔砚间乎？"的豪荡情怀。《左传》谓"太上有立德，其次有立功,其次有立言,虽久不废,此之谓不朽。"也许深受传统文化濡染,陆游不仅毫无名望之族、簪缨之家的纨绔之气,更无贾宝玉之类的游荡于脂粉之间、沉湎于男女爱河的卿卿我我的柔靡,在他的意识形态里,只有"男儿要当死于边野,以马革裹尸还葬耳,何能卧床上在儿女手中邪!"的杀身成仁、舍生取义之志。

"当年万里觅封侯,匹马戍梁州。"即是对他青壮年时期理想志气的真实写照。在陆游的骨子里,面对山河破碎、故土分离、国势颓靡,他怎能安于个人的荣华富贵,沉湎于男女之间的卿卿我我。是时的南宋朝堂已经是骄奢淫逸,病入膏肓,犹如朽木一般,摇摇欲坠。朝野之间靡靡之音盛行,阴柔之风有余,阳刚之气不足,诗坛风气变得萎靡不振,吟风弄月、琐细卑弱的风格日益明显。面对这种情形,他痛心疾首,高举起前代屈、贾、李、杜和本朝欧、苏及南渡诸人——吕本中、曾几的旗帜与之对抗,高扬爱国主题的黄钟大吕,以此来振作诗风。他渴望盛唐之音,他渴望战死沙场。他是一位真正的军旅诗人,他的诗歌里有着军人的豪荡情怀和阳刚豪迈之情。"楼船夜雪瓜洲渡,铁马秋风大散关","僵卧孤村不自哀,尚思为国戍轮台。夜阑卧听风吹雨,铁马冰河入梦来"。从他的诗作里,我们能够看到盛唐边塞诗人的豪迈之情——"醉卧沙场君莫笑,古来征战几人回"?"秦时明月汉时关,万里长征人未还",也能看到"年少万兜鍪,坐断东南战未休。天下英雄谁敌手?曹刘。生子当如孙仲谋"的英雄之气,更能看到"海日生残夜,江春入旧年"的盛唐之音景象,到了临终前他都在大喊杀敌,临终留下一首千古流芳的名作"死去元知万事空,但悲不见九州同。王师北定中原日,家祭无忘告乃翁"。这种强烈的爱国主义感情深深地打动着后人。

诗文的最高境界是人格,不是技巧,范仲淹在岳阳楼上高歌一曲"先天下之忧而忧,后天下之乐而乐"震古烁今,发聋振聩;王之涣在鹳雀楼沉吟一绝"白日依山尽,黄河入海流。欲穷千里目,更上一层楼"

刻入民族向上的脊梁骨；王勃在滕王阁感慨人生"老当益壮，宁移白首之心，穷且益坚，不坠青云之志"。这种精神人格境界正是中华民族强健昂扬向上的精神旗帜。"老骥伏枥，志在千里；烈士暮年，壮心不已"。是啊！在中华民族崛起的道路上，我们人人应当奋勇向前，而不能碌碌无为，平平庸庸。"生当作人杰，死亦为鬼雄。""雁过留声，人过留名。"中华民族自古崇尚名节，那些能够在史书上大写一笔、留下千古美名的人哪一个不是人格高尚、人格豪迈之人呢？难道仅仅是诗文吗？只要为了国家、民族、大众之公益事业，尽自己所能，尽自己所愿，有力出力，有钱出钱，他们都是值得可歌可泣之人。"了却君王天下事，赢得生前身后名"。我们的时代正需要这样的精神，这样的人格魅力，这样的文学导向，正像习近平总书记在《我的文学情缘》一文中写到的"军旅文艺工作者要有军味、战味。军队文艺工作者也有'风花雪月'，但那风是'铁马秋风'、花是'战地黄花'、雪是'楼船夜雪'、月是'边关冷月'——这是强军的'风花雪月'。一提到这个词，我就想起古代的军旅诗人，有那么多荡气回肠的诗文。如果我们的解放军文艺工作者没有军味、没有战味，那干嘛要穿这身军装啊"？习总书记高瞻远瞩，他看到文艺工作的弱点，因为，文艺引领一个时代的风气，塑造国民精神。文艺是国民之柱，是国民之魂。试想，如果大家都沉醉在赵本山剧男女打情骂俏的低级趣味里，沉醉在赵本山剧以挖苦嘲笑作践别人取乐的低级趣味里，沉醉在以污蔑英雄、丑化英雄、娱乐杜甫、美化刘文彩这个恶霸的段子里，那么我们还谈何振兴呢？恐怕我们已经是不战自乱。

　　《毛诗序》里有一段话论述到"治世之音安以乐，其政和；乱世之音怨以怒，其政乖；亡国之音哀以思，其民困"。如果弥漫在我们生活中、精神中全是阴柔之风有余、阳刚之气不足的小我情调的诗文，那么我们的民族复兴之梦何时能够实现呢？从这一点上说，我们的时代依然需要陆游，需要像陆游这样的阳刚大气之作，需要像陆游这样崇高的爱国主义精神，以此塑造我们的民族之魂、精神之魂。

读贾平凹

贾平凹是人，不是神。迷信贾平凹的人一听"贾平凹"三字，坐着的会立即站起来，站着的会立马挺直了身子，倘若见了贾平凹的，还有曾经立马跪下的，感动得痛哭流涕。搞文学创作的，出个书，都喜欢让名人捧场，或请写个序，或请题个书名，当然一到这事情，无不想请个圣人般的，一提起就先想到"贾平凹"。贾平凹的名气之大就可想而知了。

论贾平凹的名，不是上天赐予的，也不是地里长出来的。贾平凹的名，很普普通通的，就是父母给起的。开始的贾平凹还不是和我们常人一般，就是芸芸众生中的一员。可是走着走着，贾平凹的名字知道的人就越来越多了，先是商州的，后是西安的，再就是陕西的，最后就是全国的，再最后就是满世界了。

有人经商出名，像比尔·盖茨；有人打仗出名，像成吉思汗；有人搞文字出名，如贾平凹。经商出名的成了财神，打仗出名的成了战神，搞文字出名的当然成了文神。想发财的敬财神，想立下赫赫战功的敬战神，想搞好文字的当然敬文神。我想这一点毫不奇怪。说贾平凹是文神，也毫不过分。与其他作家相比，稍一出名，有的作家就搁笔不干了，好像灵感之神弃他而去一样，他再也没有先前的神来之笔。可是，贾平凹就不同了，一篇篇佳作层出不穷，一部部神来之笔源源不断。贾平凹自然就神乎其神了。不了解贾平凹的还以为贾平凹就是天上降下的文曲星，就如同李白是"谪仙人"。其实不然，贾平凹是人，不是神。贾平凹的名不是上天赏赐的，也不是地里长出来的，而是他一刀一枪搏来的。

贾平凹是人，不是神。他勤奋，他虔诚，爱好写作，虔敬文字。他内敛，他自谦，出了名，毫不沾沾自喜。他总是说，我是凡人，和大家一样。有人说：你的文字真是神。贾平凹反对：我不过是说平常话，做平常人而已。有人说：贾平凹难见；有人说：其实贾平凹很好见；有人说：贾平凹见了一定与众不同；有人说：贾平凹其实和普通人一样。对人，贾平凹没有架子，平易近人；对天，贾平凹可是敬畏有加，满脸虔诚。搞文字与不搞文字就是不一样，搞文字搞得特别好的与搞得一般的也不一样，你看一棵苍劲有力的老树，一般人看见了跟没看见一样，搞得好的跟搞得一般的感觉也不一样。搞得好的会虔敬有加，一定会顶礼膜拜，不理解的人还以为那是迷信。其实错了，贾平凹是属于老庄派的，老庄派的人向来敬畏自然。敬畏自然的自然视自然为神，故贾平凹敬天敬自然。敬则通灵，不敬则不通、不灵。故贾平凹笔下的山水自然、烟云雾霭无不通灵，读来让人感觉他似乎是在代天地立言，自有一番神韵。在常人，看山是山，看水是水；在贾平凹，却看山不是山，看水不是水。贾平凹对于自然山水的领悟达到了一般人难以企及的高度。有人说是"禅"，有人说是"道"，有人说是"儒"。总之，贾平凹能在文字间把入世与出世的思想把玩到一种乱花渐欲迷人眼的程度。文字在贾平凹的笔下像花一样灿然怒放，故读贾平凹的文字常读常新，常读常爱，让人爱不释手。

贾平凹写散文随笔出名，写小说更出名。随笔散文还要偏点实，而小说就不然，他更能让贾平凹施展才情，在小说的世界里，贾平凹像长了一对翅膀，笔墨纵横，才情氤氲。故解与不解贾平凹的人就都视贾平凹是神，不是人了。

陈忠实——我的文学精神领袖

　　陕西文坛的崛起，始于1993年陕军东征那件事。那是一个很令人振奋的消息。不知那时是什么原因，文坛上发生的一些事情很快就能传到街头巷尾。大凡文学界发生的事情很快都能引起人们的高度兴趣。"读书热"是社会的普遍现象，只要稍有知名度的新书发布，马上就能引起人们的围观。那时候还有一个很有趣的现象，就是"盗版书"的流行。"盗版书"虽然偷偷摸摸，见不得人，然而却因为价格低廉，反倒大大促进了知名书籍的传播。陕军东征被盗版的五部书里，最多的就是《白鹿原》和《废都》。那时我尚在基层从教，所接触到的基层知识分子大多是乡镇干部与中小学教师。凡是我接触到的人，只要提起《白鹿原》和《废都》，可以说无人不知，无人不晓。那时我工资低微，舍不得买书，就买了"盗版书"《白鹿原》和《废都》来读，虽说其中有错别字，但是无碍大局。《白鹿原》和《废都》的新鲜味还是先尝到了。

　　说到《白鹿原》，仔细研读，我有一种震撼的感觉，也有一种获得了某种秘密的感觉。《白鹿原》的文学浓度、烈度，那种厚重、沧桑、饱满一度让我把它和现代文学史上的《子夜》《家》《红旗谱》以及托尔斯泰的《复活》和高尔基的《母亲》联系起来。它深深地震撼着我，唤醒着我。我忽然感到了文学的神圣、文学的高贵、文学的高度。我有种找到了精神信仰的感觉。如果说后来我爱上了文学，并如痴如醉地读书钻研写作，并渐渐获得了一些文学上的成绩，那么，寻找最初的精神领袖，恐怕就是陈忠实了。《白鹿原》成为我常常交往的朋友们的案头之物。书桌置放《白鹿原》的朋友们，立马让我肃然起敬。显然，朋友们是把《白鹿原》作为一本重要的文化著作来研究的。朋友们的顶礼膜拜让我感到了做一名作家的光荣。于是，做一名作家的梦想就开始在心底萌芽：我开始接触文艺朋友们，我从他们那里借阅大量中外名著，我与他们一起评谈作家作品。我读过外国普希金、高尔基、托尔斯泰、屠格涅夫、司汤达、马克·吐温、福楼拜、莫泊桑、雨果、巴尔扎克等批判现实主义作品，也读过鲁迅、郭沫若、茅盾、巴金、老舍、郁达夫、周作人、朱自清等著名作家作品。我开始在文学的道路上跋涉，陈忠实先生"文学是魔鬼"的话让我感同身受。"为死后做一本可以做枕头的书"，这样的话让人振聋发聩！

　　陈忠实先生是把文学当作神圣的事情来做的。他的付出，他的体悟，他的洞察力，他的思想，他的作品，一度让文学再次成为星空最耀眼的明星。他的《白鹿原》毫无疑问是中国文学史上的又一次高峰。深厚的历史文化功底，精湛的文学表达技巧，充沛丰富的艺术想象力，栩栩如生的人物形象，都让我们再一次感受到了长篇小说创作以来带给我们的又一次精神大餐、心灵洗礼、艺术熏陶。经典是耐读的，常读常新的，对于《白鹿原》而言，正是如此。

　　而对于创作出这样一部巨著的作者来说，陈忠实不是天才派，陈忠实是苦吟派。从他创作这一部巨著的前前后后，二十年，不是一个很短的数字，而是襁褓中的小孩已经成为青年的时候了。经年累月的苦苦积累、查阅资料，走访白鹿原大地，叩问苍天大地，寻访白鹿精灵，拷问历史遗迹，质疑封建礼教，查证关学，轰轰烈烈的革命运动，哪一个情节和人物的产生，不是从历史泛黄的书页里"抠"出来的。如此呕心沥血的创作，如此严肃地对待历史，对待读者的态度，把文学当作神圣的事业来做的，天下又有几人？

每每到陕西省作协，看到作协大院里那座豁然醒目的碑石"文学依然神圣——陈忠实"的字样，我就不由得对陈忠实先生肃然起敬。我在心里想：只要先生的这几个字在，陕西的文学就不会垮的。听闻先生逝世，心中不由一痛，瞬间写下《悼念陈忠实》：惊闻巨星陨，文坛逝白鹿。三秦多俊杰，陈老英名著。小诗记之，以示哀伤。

走近散文家刘成章

在新浪博客不期而遇散文家刘成章老师，立马引起我的关注。与刘成章老师相识（当然是以文神交），是在多年以前我翻阅初中教材七年级课本时读到先生的《安塞腰鼓》时的事情。刘老前辈一篇洋洋洒洒的《安塞腰鼓》如旋舞的诗歌一样，充满了激情和豪情。至今想起来都能让人感到热血沸腾，激情澎湃。

由于喜欢这一篇散文，我也特别关注了作者简介，从简介里知道了刘老前辈是陕西人，毕业于陕西师范大学中文系，由于我在陕西师范大学还进修过语文课程研究生班，因此还算半个校友。古语云："文如其人。"读着刘老前辈诗情洋溢的篇章，于是在我脑海里也浮现出了一个对于生活充满热情的年轻诗人的形象。当然看了简介，了解了作者的生平简历，也明白了昔日才情迸发的青年才俊已经是花甲老人了。也许由于刘老前辈这一篇文章实在叫绝，有"浑然天成"之意。因此，很多初中语文教材版本都有它的影子；而且，除此之外，还有各类试卷把它编为了阅读试题。这些做法足以见得这篇文章的分量，以及他的审美价值。

前不久，我还在将要出版的《美丽陕西》一书拟定的篇目里看到了这一篇文章，还被编发在了写陕北安塞县的代表文章里。这又足以见得刘老前辈这一篇文章的艺术魅力。

而在《中学语文教学参考》里我还读过中学语文教学专家余映潮先生对于《安塞腰鼓》教学艺术的深刻构想。印象深刻的是余映潮先生的解读重点着眼于诗意语言的解读，尤其是余老对于课文里那妙语连珠般的修辞的解读。的确，这篇文章的语言犹如孔雀开屏式的五彩缤纷，也有如万花筒式的一瞬间的喷薄爆发。设若没有对于生活的如此熟悉，对于生活没有如此的热爱，对于生活缺乏诗意的想象，那是万万做不出这样的传世美文的。

刘老前辈这一篇文章我是读了再读，品味了好多遍，也被文章里的那一种诗意的想象一而再，再而三地感染，激发。由于自己本身热爱文学，平时也写点文章，我记得在一次参加同学父亲的丧礼上，意外地听到了关中农村大鼓声势夺人的鼓声。那一个牛皮大鼓打得热火朝天，打得天昏地暗，打得飞沙走石，打得夺人心魄。

回来后，我的心魄里还是那令人热血沸腾的大鼓声，这鼓声，盘旋在我脑海里，久久不能平息。也许是冥冥之中有如神灵的命令一样，我不得不拿起笔在一瞬间写下了当时憋在心里的感受。写完后，我感觉心里如释重负。而那一篇充满激情的文章我最初命名为《大鼓赋》，发表在中国作家网。后来我又把题目改为《听关中大鼓》，发表在光明网。这一篇文章由于着眼于场面描写，因此，在写作上我容易想起刘老前辈的《安塞腰鼓》。这样无形中就受着他的奇诡的想象力的引导，受着他绚烂般的语言的启发，受着他那排山倒海般的激情的感染。

比喻，排比，夸张，顶针，反复，衬托，联想，想象，凡是刘老前辈用到的，我也用到了；凡是刘老前辈宣泄到的，我也宣泄到了。也许，这两篇文章都是着眼于听觉描写，没有丰富的想象力是难以传达出眼前的美好景物的。当然，刘老先生面对的场面比我面对的场面更大，更恢弘，更易于展示那一种无边无际的想象力。而我面对的场景较小，场面也比较单调，没有刘老前辈面对的场面更丰富多彩，更易于阐发。但是我感觉自己还是充分发挥了自己的想象力，起先，之所以要把这一篇文章命名为《大鼓赋》，是因为自己深受汉大赋的影响。我曾经在一段时间里充分地感受了赋作的魅力，漫游在赋这一种优美的语言艺术里，我尽力吸收的就是赋作的那一种穷形尽相，泼墨如云的笔法，瑰丽想象的思维魅力。事实上，我成功地做到了，我先后做了辞章华丽无比的《作业赋》，另外还有其他抒情小赋，受到了好评。这样，我更自信了，决然相信自己也有文学的潜能。于是，更加地投入读书，写作，深入体验生活，感受生活。于是，灵感源源不断，佳作连连，直至今日，收获颇丰。

  一个好作家是用他的作品感染读者的，也是用他的作品征服读者的。读刘老前辈的文章，我想受到的深刻影响不止是我一个人，还有千千万万个人。能影响到这么多的人群，无疑是大作家，大散文家。而作为一个作家，他天生的使命就是要扎根在广大的读者心中，扎根在广大人民群众之中。这样，他才无愧于作家的称号，无愧于人民艺术家的称号。

独辟蹊径的作家安黎

作家安黎有他独特的写作视角，他不走众人都走的光明大道，而是沿着一条几乎无人行走的羊肠小道前行。如此在文学上的独辟蹊径要么一鸣惊人，要么永远被人排斥。然而，明知冒着这样的风险，安黎先生却依然不悔，他有自己的信条，他有他的追求，他有他的思想支撑点。

安黎先生在《雪燕老师，您还好吗》一文中提到了一个很深刻的问题：雪燕老师的丈夫——一位文化届的省部级官员提出了"你这么有才，为什么不能走红"。他说他也思考过，得出的答案是读你的文章"只能让人绝望"。最后延老师叮嘱他要用自己的文字"给人以希望"，"至少在文章的末尾，要缀一个光明的尾巴"。而安黎先生却认为自己辜负了延老师的良苦用心，因为他无法改变自己的文学理念、文学思想。他坦言"而我把自己挂靠在卡夫卡的身上，总想对人生的终极意义进行彻底的透析"。安黎先生在《三位令我感动的读者》一文中说道："我写作，从不对官方的加冕抱有幻想。因为我之所言，不但不会取悦对方，而且常常会令他们皱眉。"我始终坚信文学的裁判官只有两个：当下是读者，未来是时间。面对鲜花与掌声、面对荣誉与奖杯的诱惑，安黎先生没有妥协自己的文学立场，没有改变自己的文学角度。

安黎本身是一位有着强烈自我批判意识的作家。一个作家，不能盯着银子而活，否则，他的良知就大大的坏了。作家本身是人类灵魂的工程师，对人们的精神坐标影响巨大。试看，那些桃李满天下的名师和那些伟大的作家相比，谁的影响更大，结果，不言而喻。一个只有不断敢于解剖自己缺点的有勇气的作家，才会有勇气去解剖别人。从安黎的文章里，字字句句都可以看出作家在不断解剖自己、批判自己，这是一般作家很难做到的。作者的处处剖析自己、暴露自己显示了安黎作为一位独立思想作家的大气人格。

安黎炽热的文学热情从十八岁就开始了征程，从他一次又一次投稿的失败中，经历了耻辱，经受了嘲讽。然而，正像所有的经历都是财富一样，安黎在追寻文学梦的失败历程中，也遇到了一个个让他毕生难忘的感恩的人。正是这些令他感恩的人身上的"仁义"精神深深地感动了他，使他深深地具备了一种难忘的感恩的情怀。由于对文学有着高远的追求，而他高远的追求又和他底层的身份极不对应，这就决定了他的文学征程要更艰苦、更艰难。

事实正是如此，在一次又一次的退稿中，门房老人不再把他的退稿信摆在外面的桌子上，而是悄悄地收藏在抽屉里，然后又悄悄地交给安黎。老人这么一个细节，竟然让作者几十年来感怀不已。正是老人的格外体恤才真正地保护了作者的自尊，促使作者不断努力，不断前行。如果老人不这样的话，那无疑是在撕扯作者的自尊，最终会彻底摧毁一个人的最后坚守。显然，那是为人良心的残忍。但这里，门房老人的"仁"性体现了出来，这一细微的闪光点，直烛作者内心的心灵，令作者深深地感受到"仁爱"的力度。而这些精神营养正是一个作者所必须具备的写作态度。因此，我们多从安黎先生作品里看出他对"小人物"的同情，对为富不仁者的痛斥。

　　一位草原大妈崇拜安黎到了每次都要为他烧一炷香的地步，并且预言他的不幸，后来作者证实自己的确陷入了一场旷日持久的纠葛之中。如果撇开迷信唯心论调，我认为这正是"心诚则灵"的体现。正如一个人倘若爱上一个人，那么即使在遥远的地方都能感受到他的呼吸、他的温度、他的一举一动。这位草原大妈是一位人民教师，她把安黎的作品作为"精神食粮"来过冬，多么可贵的求知若渴的读书精神。这也说明了作者文章的力度和深度，会彻底征服一个人的内心，唤醒一个人对生活的态度。正因为如此，这位大妈才具有神奇的"预测术"。这是从心理上因爱而产生的高度警觉，就像一位疼爱自己孩子的母亲，忽然因为做了一个不祥的梦，就担心心爱的孩子的心理现象。当然，还有另外两个人的故事，这里不再赘述。每一个故事的背后都是相当的感人，这可见安黎作品基于人心的深度和力度。

　　文艺贵在传递"真善美"，鞭挞"假恶丑"，从而引导社会向着美好的方向前行。而这些，安黎先生的作品做到了，他在勇于解剖自己的同时，也勇于解剖社会的疮疤。他如鲁迅一样，拿起解剖刀既解剖自己，也解剖别人。他是一位表里如一的人，是一位具备"大仁、大义"的人。正因为他具备了"大仁、大义"，这才让他对个人的荣誉与前途不屑一顾。正是这样的人格魅力，才形成了他"大气、大度"的人生情怀。当代扛鼎作家陈忠实先生多次赞誉安黎先生，称他是难得的文学人才。这些评价和关爱既是出于爱才、惜才的心理，同时也体现了安黎作品的不同流俗和他的思想魅力。他的作品以思想的深刻和语言的精美著称，被《文艺报》誉为"思想的王国，语言的石匠"。

一个人生命深处的"地坛"

  地坛于作家史铁生而言，是精神的母体，是灵魂的栖息之处，是寄发哲思洗涤灵魂的地方，同时也是他领悟人生飞翔精神高原的地方。

  我想，地坛于史铁生而言，无疑于是他精神的故乡，灵魂的家园。是啊！是地坛，让他走出生与死的困扰，让他走出人生的低谷和黑暗；是地坛，让他懂得爱和追求，从此踏上一个充满意义的文学道路；是地坛，给予他人生追求的勇气和力量；是地坛，给予了他人生新的坐标和方向。

  今天，我们重温史铁生那笔墨沉郁厚重的《我与地坛》，除了深深地受到作品哲思般的启发以外，也许，作品更能点燃起我们对于自己生命深处"地坛"的思考。在我看来，"地坛"实在是一个隐喻，它是潜藏于我们每一个人生命深处的依恋。

  我为什么而生？对于这个问题，我想每一人都有不同程度的思考，也会有不同的丰富多彩的答案。但是有一点，每个人的心中都有一座神秘的"地坛"。这座"地坛"是他生存下去的精神支柱，也是使他生活得更有趣味或者更有生活意义的精神眷恋。

有人说，生命是一场旅行。既然是旅行，那么旅途中难免就要经受风风雨雨、坎坎坷坷以及各种磨难；然而，我们虽然经受着苦难，饮泣过眼泪，经历过考验，但无论在何种情形下我们却都能迎风而歌，笑对人生。这却是为何？是因为我们对于生的眷恋，抑或是对于生命深处的"地坛"的眷恋。

生命不是简简单单的吃饭穿衣，也不是简简单单的居华屋骑大马，更不是沉迷于灯红酒绿的奢华生活。固然，生命离不开丰盈物质生活的滋养，生命也有理由去充分地享受人生的欢宴。但是，物质的生活即使再怎么丰厚，却也并不能解决人生的精神问题。声色犬马的生活除了让灵魂更加堕落和腐朽以外，再没有一点积极的意义。金钱即使再丰富也不能带来精神上永久的快乐和满足。千间万间华屋，终不过夜眠一床；千般万般美味，终不过胃囊一个。

为什么贫穷者自有贫穷者的快乐？为什么富足者却有富足者的苦恼？答案只有一个，贫穷者快乐是因为贫穷者自有自己的精神追求；富足者苦恼是因为富足者已经失去了自己的精神追求。人生有追求就有快乐，人生有追求就有希望；也许正如每一个富贵者也许还是从贫穷者转变而来一样，贫穷的时候，渴望富有；正因为渴望富有，故精神充实，干劲百倍。然而倘若由贫穷者转为富贵者以后，精神无所追求，陷入声色犬马的生活中，不久的将来富贵者也依旧会转变为以前的贫穷者。

故能够提升生命质量的"地坛"终究来自人生的精神追求。沉陷于纯粹物质方面的"地坛"并不能给予人灵魂持久的快乐和升华。于是乎，建立我们人生的"地坛"的意义极其重要。

也许，我们可以不妨从伟大的人物身上汲取这一种精神"地坛"的力量，犹如伯特兰·罗素在回答"我为何而生"时直爽而快捷的答案一样，有三种情感，单纯而强烈，支配着我的一生：对爱情的渴望，对知识的追求，以及对人类苦难不可遏制的同情。这些感情如阵阵巨风，挟卷着我在漂泊不定的路途中东飘西荡，飞越苦闷的汪洋大海，直抵绝望的边缘。

是的，我们也有充分的理由证明我们能像他们一样，燃烧自己的价值，除了为一己之私以外，更要为他人着想，那么，我们的人生"地坛"不也和史铁生的地坛一样充满人生的意义和希望吗？

作家的风骨

我很喜欢"文如其人"的说法，这真是经典的结语。打开一本书，仿佛走进一个作家的内心世界。在山重水复、柳暗花明的文字里，即使再"狡猾"的作家，也逃避不过人们的火眼金睛的。

是俗是雅还是雅俗相间，是高士之风还是花间美人之态，是嬉笑怒骂玩世不恭还是骨峰高标桀骜不驯，是飘飘雅士还是莽鲁大汉，是小家碧玉还是大家闺秀？

是小草还是高松，是磅礴大雨还是杨花飞舞，是小桥流水还是大漠秋风，是甜腻还是酸辣，是山药蛋还是燕窝粥，是茅屋草舍还是高堂大屋，是大河滔滔还是小泉叮咚？

这些，都躲藏不住。

王勃在滕王阁序里曾说到：孟尝高洁，空余报国之情；阮籍猖狂，岂效穷途之哭！每一位作家的风格与骨血的形成都有其内在的环境与土壤，正如黄土山崖不生牡丹却产荆棘，黄山绝壁不长小草却生大松一样。当然，牡丹自有牡丹的美艳，荆棘自有荆棘的灿烂，小草自有小草的风姿，大松自有大松的傲骨。毕竟，物各有用，自有其长。文章如人，如物，亦各有其妙。

然其情诚，必能动人；其辞畅，必能悦人。忌讳者莫过于辞晦暗，思苍白，言词佶屈聱牙之流。人居于天地之间，古人慨叹：天似穹庐，笼盖四野。天苍苍，野茫茫。风吹草低见牛羊。文为何而作？情为何动？既源于作家的学识、视野，也源于作家的思想、情感。俗语：吉言兴邦，妖言误国。辣语醒人，媚言惑人。君子如风，小人如草，上之所好，下必效焉！色情淫秽，垃圾污染，黄祸横流，民骨颓靡，遗毒后世，污化世风。故文运关乎国运，文脉系于国脉。

正道之作家，必能奋笔疾书，嫉恶如仇，如黄土山崖之荆棘，如黄山绝壁之大松，在险恶的环境中屹立如巉岩之石，这种风骨是民族之幸，国家之福。媚甜之作家，思想无关民命，陶醉于灯红酒绿之中，卿卿我我，甜甜蜜蜜。

大我还是小我，判作家境界高下之标尺。大我之作家，视野恢宏，如翱翔于九万里之长空大鹏，视界敏锐，发一声如晴空霹雳，振聋发聩。小我之作家，如雀跃于蓬蒿间的麻雀，目光不过五尺之远，感受不到山雨欲来风满楼的峻烈。

孔孟庄荀、马列毛鲁之巨著，犹如长夜明灯，照亮人类前行之方向；又如陈后主《玉树后庭花》之流者则永被钉于人类文化耻辱之柱。"李杜文章在，光焰万丈长。不知群儿愚，那用故谤伤。蚍蜉撼大树，可笑不自量。伊我生其后，举颈遥相望"。精品总是精品，垃圾就是垃圾，时间就是检验的一把标尺，公正的法官。人们仰望的，永远是星空，关注的，总是大地的哀叹。

我是教师作家

　　我是教师，又是作家，这两者冲突吗？答曰：否。在教师里出现作家，这奇怪吗？当然不奇怪。不仅不奇怪，而且很正常。为什么？因为不管是当教师，还是当作家，两者前提都得有知识，有文化。

　　做教师，先得取得合格学历。在古代，是要取得功名，做先生，最少也应该是个秀才。这才有资格。而当作家，首先要有文化，要有读书的底子。当然，学历就不一定是必须具备的了。但是，不具备学历并不意味着降低了作家的标准。当作家，必须得有作品说话啊！而且还是要有一定影响力的作品，而不是泛泛一般的作品。可见，能被人们称为作家，本身也是一种荣誉，是人们对作家作品的认可和肯定。

　　若是说在这两者之间，你更喜欢哪一个？要我说，我都喜欢。因为，我是一位语文教师。我的工作，决定了我是和学生们共同研习汉语言文学。在浩瀚博大的中外文学海洋里，我们共同吮吸着传世名篇的雨露。语文教学，既肩负着鉴赏解读文学名篇的任务，又肩负着引导学生掌握文学名篇精华的重担。作为教师，要给学生一杯水，自己先要有一桶水。

因此，教师除了具备一定的教学技能以外，关键还是要有渊博的学问，丰富的专业知识，层层透析问题的思辨能力和智慧。这样，才能引导学生逐步深入理解课文，发现文本价值，以开启发展他们的思维能力和语言能力。因此，对于教学而言，也不亚于教师的一次创造。当然，照本宣科式的教学过程，师生是不会愉悦的。因为，这其中缺少了智慧的发现和创造的愉悦。而对我而言，我更喜欢师生共同创造的课堂。

教学相长，此话真理。由于日常工作关系，接触赏析的，都是名家名篇作品，这无形中就提高了我创作的水平。宏阔眼界和文化视野也为我写作提供了一个范本。当然，创作这个东西，最忌讳重复与模仿。作家要形成自己独特的创作风格，还必须在反复的实践中摸索。什么是作家的风格，作家的风格就是作家的情采、文采、思想的综合体现。当然，这其中，也包括作家遣词造句、思维、个性的特点等。可以说，个性不同，作家的语言个性就不同。比如，有的作家，语言辛辣冷峭，而有的作家，温和儒雅；有的作家，朴素平易，而有的作家，华丽铺张。可以说，每一位作家都有自己的语言风骨。在所有文学创作体裁里，我最喜欢最得心应手的文体是散文和随笔，其次就是小小说。为什么呢？环境使然，我的工作性质决定了我，适合于短篇耕作，不适合于长篇架构。散文和随笔，简短便捷，是文学里的轻骑兵，而且所写内容颇多，无论是校园生活、教学随笔，还是生活感悟、旅游出差所见所悟等，皆可入笔，兼备思想性、文学性和实用性。因此，为我喜爱，生活中，一旦有了灵思，我一般都会花一两个小时完成。

上课，口手脑并用；而写作，只需手脑配合皆可。讲课，要用优美的教学语言；而写作，同样也要优美的语言。因此，做教师与做作家，两不误，是互相促进的。无论是教学语言还是文学创作语言，作为语言的锤炼与习得，并不是一蹴而就的事情，是一个需要长期积累，不断运用的过程。因此，要做一名优秀的语文老师，首先是锤炼自己的教学语言，不说达到口吐莲花、出口成章的地步，至少也应该是出口不凡。对于写作而言，同样如此，作家在不断地写作，也在不断地锤炼自己的语言功底。

语言既是一门技术活，也是一门思维活，体现着作家思考世界、人生的深刻程度。因此，语文教师写作，有利于提高自己的语言表达修养，更有利于提高自己的思维深度。无论是想象能力和联想能力都有助于教师深入解读文本价值。这样，教师本身的文学修养一定会影响到学生身上，为学生文学修养的培养和建设打下坚实的基础。

因此，不论是哪一个行业，只要是作家，本身就可以提高行业的文学修养和文化氛围。而尤其是当教师和作家两者兼顾起来的时候，那么，受益也许更多的还是广大的学生。因此，教师、作家，不仅两不误，而且相得益彰，相互促进。校园里有了作家，岂不是美好校园一道亮丽的风景线。

从底层走出来的诗人

麦秸的成长经历，进一步说明了爱读书的人是会受到上帝的眷顾的。

麦秸的人生可以说是不幸的，他的不幸就是过早地离开了学堂。1994年初中毕业的他，就很遗憾地放弃了读书，回家种地，而在家种地收入微薄，两年后，他就离开家乡，出外打工。打工对于只有十七八的小伙子来说，在缺乏职业培训的情况下，最初就只能做小工卖力气。当然对于当时大多数的打工者来说，在建筑行业高速发展蓬勃兴旺的情况下，大多数的人都走的这一条路。就拿笔者我来说，其实和麦秸的出身一样，都是农村孩子，当时要走出农门，其实只有一条路，那就是考学。我当然属于比较幸运的一批，1987年初中毕业顺利考上了中师，自此就端上了"准铁饭碗"，但是，当时家里的情况是很穷的。我也干过不少的小工活，不是给家里修建房屋就是利用假期给人家干小工挣点钱。枯燥的体力劳动，当然没有多大乐趣，有时无非是某某说个调皮话逗人一乐，长期这样下去，显然是提高不了自身修养的。我有这样的体会。因此，倘若说我是一个打工者，忽然听说某某成了一位诗人，我一定是很惊奇的。

因此，麦秸又是幸运的。麦秸幸运的是还有读书的热望。这种热望源于麦秸初中时期种下的文学萌芽。麦秸自称路遥对他的影响很大，一本《平凡的世界》，在上初中时就看过了好几遍。麦秸幸好有这样的文学早期启蒙。我相信经过早期文学启蒙的人是早熟的。相比较麦秸，我的文学启蒙其实比他还要晚，我是在上师范的时候才受同学的影响，忽然发现了文学的美。因此，我最初的文学练习也是从诗歌开始的，无论是现代诗，还是古体诗，自己也常常胡诌几句，当然还曾受到过文选老师的表扬，这倒鼓舞了我。我记得在假期打工做小工的时候，闲暇时曾有两个工友考我，让我现场作一首诗，当时我挺热衷唐诗三百首，俗话说"熟读唐诗三百首，不会作诗也会吟"。当时我稍稍沉思了一下，随后就吟出一首绝句。当时可能本想刁难我的两位比我年长的工友想看我的笑话，不想我即兴发挥的几句诗还让他们竟然感到满意，当即他们就赞扬了我，说我不愧是师范生，还有两下子。当然这两位工友的水平至少是初中毕业，对于文学的基本常识还是有的，甚至可能他们的文学素养还比我高。因为在当时农村只要是初中毕业的都被称为秀才了。

我在打工期间流露的一首"诗"经两位年长工友喝彩倒大大增强了我的文学信心，我忽然感到生活的趣味了。这也是我过去近三十年还念念不忘的经典事例。这件事情启发我："人，不论在什么情况下都要不断地读书学习充电，才能真正地提高自己，赢得别人的尊重。"事后我想倘若我在他们的拷问下，作不出诗或者我去抵牾他们，一定是很尴尬或者大家都不愉快的事情。但这至少也降低了师范生在他们心目中的地位。如果真是这样，我的内心真是很羞愧的。

不放书，就成为了我以后的人生信条了，即使我端上了铁饭碗。说了这么多，与麦秸有什么关系呢？当然有关系。我刚才已经说过了，麦秸在初中时期就已经读了几遍《平凡的世界》，而且我说过，受到早期文学启蒙的人其实是早熟的。这种早熟不光体现在对于爱情的感受和理解是敏感的，而且对于人世的认识和观察思考也是较同龄人深刻的，成熟的。我是属于晚期启蒙者，因此对于爱情的理解也是迟钝的，这是实话。我在上师范宿舍里曾经说过某一件事某一个女生的表情，结果就受到了宿舍里"文学家"的嘲笑，经他们的一解释，我方才恍然大悟。所以我以后就更崇拜这些早期受到"文学启蒙"的人了。因此，我抓紧学文学，以弥补自己的这种领悟力和感受力。

麦秸是很早就有文学意识的人。最初他打工，就是在北京海淀区一自来水工地做小工，在北京呆了两年，随后到了东莞、深圳的五金电子厂的流水线做了五六年，最后漂到绍兴。他第一次看到天安门时，就想起了作家沈从文的一段话"望着北京高远明蓝的天，使人只想下跪"。到北京的他，也就是十七八岁，然而作家沈从文的话竟然从他的心底流出，足以见得他的文学修养已经很不一般。因此，说他早熟，毫不为过，对于文学的理解和认识运用，竟然是这样地娴熟灿烂。可见，这个时候他已经不是读了几遍《平凡的世界》的水平了，而是已经读了几遍沈从文的水平了。热爱文学，热爱读书，怀着一颗文学梦想的心灵迟早都会开花结果的。

英国作家狄更斯在《双城记》说过一段名言"这是最好的时代，这是最坏的时代，这是智慧的时代，这是愚蠢的时代；这是信仰的时期，这是怀疑的时期；这是光明的季节，这是黑暗的季节；这是希望之春，这是失望之冬；人们面前有着各样事物，人们面前一无所有；人们正在直登天堂；人们正在直下地狱"。改革开放、市场经济的时代，什么机遇都有，什么现象都有，有下地狱的，有上天堂的；有对人生充满希望的，也有对人生充满失望的。关键是一个人如何掌握自己的命运。在长期的漂泊生活中，麦秸深深地认识到农民工们走进大城市打工的美好梦想：谁都想改变贫穷的命运，谁都想过上更好的生活。然而，他又冷峻地看到,没有多少文化水平或者一技之长的农民工在大城市混,混不出什么名堂,大多数仍然只能生活在社会的底层,获得较低的酬薪。然而,他又深深地认识到在做好本职工作的同时不忘充电学习,也会慢慢改变自身的工作、生活环境。

　　他就是这样一个奋斗者。"一步一个脚印,这个社会还是可以通过自己的努力得到想要的东西的"。他如是想。从阅读《江门文艺》《大鹏湾》《打工族》等打工文学刊物开始,到发表第一首诗《在离开深圳的火车上》,他渐渐地踏上了文学的正轨,怀着对文学的刻苦追求和不断地读书学习,他已经成为一名真正的诗人,并且凭借着自己的成绩,做了编辑,在追求个人的目标上越来越离梦想不远了。我们热诚地期待他,取得更大的成绩!

品读名师——尤屹峰

读完《诗意语文教育观》，我想起了一句名言：老骥伏枥，志在千里。也许这正是形容像尤老师这样富有毅力的人士吧！看到尤老师的名字，我想起了著名作家狄更斯说过的一句话：顽强的毅力可以征服世界上任何一座山峰。山高人为峰，尤老师正是一位在语文这座大山上跋涉不止继而登上高峰的一位卓越优秀的语文专家。热情如火，痴心不改，为了语文，为了语文事业的蓬勃发展，尤老师可以说是殚精竭虑，孜孜不倦，焚膏继晷，废寝忘食。四十年的执鞭从教，四十年的呕心沥血，四十年的教改探索，四十年的艰苦跋涉，尤老师终于把自己经年累月积累的精神财富和教育智慧浓缩成厚厚一本洋洋大著。如此勤勉治学，一心埋头书案，赤心培育英才的语文老师能有几人？把语文当成事业来做，把语文作为自己一生乐之不疲的爱好来做，试问当今能有几人？

这是一本把理论和实践很好结合起来的书，这是一本践行推广诗意语文教育理念的书，这是一本弘扬大语文观教育理念的书。在这里，它告诉了我们一个道理：一个人，一辈子只要坚持做好一件事情，就能把它做好，乃至至善至美。这本书，见证了一位普通语文老师如何成长为一代名师的轨迹。它启发我们：人活着，就必须有所作为，才对得起我们生活的这片土地。都是语文人，一个执着地怀着四十年语文教育情结的语文名师以他的道路足以让我们对他树起崇高的敬意。从自序上看，他是一位热爱生活的人，他是一位热爱文学的人，他更是一位热爱语文的人。从他的下水文看，他是在用自己的行为为学生们做着学习语文的示范。他有诗人的情怀，《走向草原》是多么美好的一首诗啊！"走向草原，走向燃烧的圆圆的梦"。我想，青年时期的尤老师的梦今天应该实现了吧！《站在树下》是一篇优美的散文诗，精致优雅的语言，体现了一位语文名师的高雅的语文素养。如"树微笑。笑声幽幽，笑声朗朗。那是流自心底的河！那是注自心底的喜悦！这笑如歌如曲，悠悠曼曼，妙妙回回。像来自天外，像发自地籁。如丝、如箫、如琴、如鼓。一股清新的流韵，一串爽人的铃铛，流进人的心底，使人心清如泉，浩亮如天"。这是多么优美的语言，是诗，是曲，是舞蹈，是最美的语文教育，这是一个语文老师向学生传递审美教育的前奏曲。还有《春之梦》《品读自我》等，也许还有很多。这些优美的诗歌、散文诗、哲理散文集中展现了一位语文名师高度的语言素养、文学素养、审美素养。倘若能在课堂上把自己丰富的学识和高超的艺术作品拿出来，试想这对学生是多么大的鼓舞和享受。语文的诗意我想正在这里。"诗意"，洋溢着一种美好的情愫，一种快乐的情愫，一场充满想象的精神之旅。

"诗意语文"，让语文走出窘境。这应该是一场语文教学的改革，是语文教学最高境界的追求。语文，本身是充满诗情画意的一门学科。然而，由于盲目追求升学率，玩应试教育，语文教育曾经乃至现在仍然走进了一条死胡同。语文，成为了一条风干的枯藤。语文进入应试训练的系列，陷入和数理化学习一样的模式之中。这是一个严重的误区。抽取了血液和情感的滋养的语文势必成为一具僵尸，然而我们的很多同行迷失于其中反而还不能自拔。"诗意语文",这是引导回归语文学习正确道路上的指标,是灯塔,是航帆。"诗意语文"是什么,也许正是尤老师书中所指出:诗意语文就是那种让人喜之不已、爱之不尽、流连忘返、依依不舍的情趣,是那种让人思索、耐人品味而又思之无穷的情味,是那种含蓄而微妙、高妙而超拔、旺盛而坚定的精神,是那种让人情思绵绵、激情滚滚、余韵袅袅、思修悠长的情绪,是那种让生命去欢腾、去烦恼、去憧憬、去悲伤、去歌颂、去诅咒的力量,是那种让人弃绝俗滥、远离虚伪,让人感到心灵不断净化、人格不断升华的意境,是那种令人身心彻底放松、精神高度自由、思想任意驰骋的氛围……简而言之,"诗意语文"是一种用美的形式教学生学习祖国语言文字的活动和境界。"诗意语文"没有终点,"诗意语文"永远在路上。对于"诗意语文"的探索和追求使得尤老师找到了语文学习的规律,语文自此变得充满意义和趣味。

"诗意语文"让我们的课堂,让我们的学生充满生命的气息、青春的活力、创造的力量。"诗意语文"必将带领我们以及可爱的学生追求诗意的人生,追求生命的创造境界,追求人格修养的最高平台。

第二辑　追文溯源

文学是一种艺术的生活方式

　　文学是什么时候出现的,文学起源于什么,这其实不仅仅是哲学家们探讨的问题,也是每一个爱好文学的人探讨的问题。在传统的文学理论史上,关于文学的起源不外乎"苦闷说""游戏说""劳动说""镜子说",也有"精力剩余说"等。对于以上认识我个人则认为均有一定道理,无可厚非。然而,在长期的对于文学的濡染中,我个人对于文学却有一点独特的体会:那就是文学其实是一种艺术的生活方式。

　　对于人类而言,需要物质食粮仅仅是一个方面,更可贵的另一方面是人类需要精神食粮。人类自从有了语言和文字以来,交流和沟通就成为人类生活中不可缺少的一个环节。语言能力,想象能力是人类的天生才能。人类在交流和沟通中,也无时无刻不在彰显着自己的语言能力和想象能力。上古时期,人类对于自然界的认识处于初期阶段,"神鬼"之说的形成正是这个阶段的产物,也是这个阶段人们的艺术的生活方式。古希腊神话,东方神话传说,天方夜谭等充满丰富想象力的作品并非是一个人的产物,而是生活在不同地域不同方位不同环境的人们的艺术的生活方式的一种反应。人类在生产和生活中需要交流，需要想象，于是想象着，创造着，解释着这个世界，表达着自己对这个世界的看法，神话鬼怪之说应运而生，自然而然，彰显着人类"童年"生活的可爱，或许，沉浸在想象之中，或者是以梦幻形式来解释生活表达生活就是人类"童年"时期的一种艺术的生活方式。

而到了中古时期，随着人类对于大自然的进一步征服以及人类大思想家以及宗教思想的出现，人类哪一种自由浪漫想象解释世界的奇怪想法受到束缚和限制，"理性"渐次进入人们生活方式之中。于是，生活和交流中人们常常以宗教思想和统治者推行的"教化思想"来作为人们生产生活的行为准则，因此相应的人们的生活方式就深受这一种思想行为的影响。而对于"理性"过分的压抑人类的自由想象时，这时的文学也会以一种"反叛"的形式出现在人们的生活之中。因为文学是人们的一种艺术的生活方式，需要想象，需要自由正是人类精神的一种体现，任何"思想压抑"和"思想桎梏"都是暂时的，正所谓"青山遮不住，毕竟东流去"。每当文学自由想象被"压抑"到一定程度，文学作品就会以"井喷"形式出现。因为文学是人们的一种艺术的生活方式，需要想象，需要精神自由依然是人们自由交流沟通时压抑不住的一种精神体现，所有每个时代的大文学家大作家其实都是聚集了某一时代的人们的精神代表和精神向往，把它很好地表现了出来。因此，人们说文学作品是时代精神的写照。换一句话说，文学何尝不是这个时代的人们的艺术的生活方式的反应。

文学是一种艺术的生活方式，既体现在集体身上，也体现在个人身上。然而体现在集体身上往往是自发的思想感情的流露，却缺乏自觉意识。于是体现在集体中的文学现象往往成为零散的，容易被人们忽视掉的，也容易稍纵即逝的宝贵资源，但是这些零散的，宝贵的文学的艺术的生活方式却有可能深深地影响着那些有着对于文学有着高度自觉意识的人们的灵魂和思想，在他们的感应和接触中，他们也许就默默接受着集体文学艺术的生活方式的营养，当这些零散的，宝贵的文学生活方式被这些对于文学有着高度自觉意识人们的吸收和加以创造时，具有时代精神气质的伟大的文学作品就诞生了，而这些经过有着文学意识的人们的手加以整理创造的还是这个时代的文学的生活方式，只不过这比原来的文学生活方式更为集中，更为典型，更具有了打动人心的力量。

　　文学是一种艺术的生活方式，其实每一个人都有文学的气质，文学并不神秘，文学就在我们的身边，文学就在我们的生活当中。因为，文学就是一种艺术的生活方式，每一个人都有自己的语言能力，语言能量，想象能力，想象能量。而能不能成为文学家关键就在于一个人能不能重视自己的这个正能量，把它发挥到极致。

文学的指向是什么？

　　文学的指向是什么？这应该是每一个真正从事文学事业的人扪心自问的一个问题。花花绿绿的作家富豪榜的一次又一次的公开发布，似乎文学的指向就根本不是问题。然而，这还是我仍然要不断思考的问题。我个人甚至固执地认为从事文学的原本指向就根本与财富无关。

　　如果真正要把财富与文学联系起来，我始终认为那一定是伪文学。文学是一门博大精深的艺术，创造文学的过程本也是干干净净，清清白白，没有哪一位作家在写作的时候考虑到我码的文字要值多少钱，要获什么奖，要怎么怎么样。因为真正有生命的文学的力量来源于本心，来源于一个作家的内心深处。既然明白文学的来源来自作家的灵魂深处，那么，文学的终极指向也应该非常明了，一个从心灵出发的艺术品其最终的回归也应该是心灵，以心灵来映照心灵，以心灵来慰藉心灵，以心灵来温暖心灵，而在这其中是应该没有掺杂任何杂质和污染。

　　因此，对于作家而言，你有没有把心交给为他们负责的读者，你有没有把读者当作知心的朋友去对待，和他们一起去探讨人生的疑惑，生活的困扰。这也会决定你的作品在读者的心里有没有位置。当然有时也会出现曲高和寡的现象，就像卡夫卡的《变形记》曾经一度不为人们所接受，但是经历时间的洗礼，人们又重新确认了卡夫卡不愧为伟大的作家的地位。因此，对于真正的文学而言，他们不会考虑是否为一时的畅销与否，是否与一时的财富收入有关与否。一个真正从事文学创作的作家，他的作品总是从心灵出发，然后又回到心灵。

世界上本来有些就很简单的问题往往就让人们搞得复杂了，在这样强大的喧嚣声音中，不论是读者也罢，还是作家自己也罢，往往也会被这样的声音湮灭自己的心灵本真。读者需要什么？有些读者也许连自己也不清楚需要什么，只是盲目地跟着别人乱跑；作家应该书写什么？也许有些作家也会被那样花花绿绿的财富榜所吸引而迷失方向。如果是那样，这既是读者的悲哀，也是作家的悲哀。因为读者在喧嚣的声音中徒费了生命和青春，而最终一无所获。对于作家而言，何尝不是这样，一个不是从自己心灵出发的作品尚且都打动不了自己，何以能打动亘古的读者。即使畅销书能够兴盛得了一时，但是也兴盛不了一生。一个不是从心灵出发的作品其最终终是昙花一现。

"把心交给读者。""我写作不是我有才华，而是我有感情，对我的祖国和同胞我有无限的爱，我用作品来表达我的感情。"这是二十世纪一位百岁老人留给我们的精神财富。同样地，他也勇于批判自己，责问自己，"我反复说只想用真话把我的心交给读者。可是我究竟说了多少真话"？的确，一个受读者尊敬的作家应该扪心自问："你创作的作品究竟要让读者明白什么？追求什么？你是否与他们一起饮泣，一起欢唱？"倘若多些这样的冷静的回顾和思考，我们就会从一团乱麻中理出头绪，走出生命的泥淖，擦清人生前进的方向。

文学能给我们带来什么？

文学能给我们带来什么？你为何如此钟情于文学？我曾经读到一篇《苍颜白发，红袖添香写春秋》的文章，深深地为这位虽已暮年而壮心不减的长者那种精卫填海的文学写作精神而感动！

在文学漫漫征途上，有多少富有才华却半途而废的爱好者；在世俗功利的考验面前，有多少意志不坚、屈从于物利的追求者；在深不可测的文学大山里，有多少失去坚持的颓废者。有的人，为生活的压力而失去了激情；有的人，因看不到希望而放弃了最初的热情；有的人，屈服于已有的宿命论和天才论。一个个变成了精神空虚、语言无味、面目可憎的世俗者。

面对诗意般的人生和世界，他们变得感觉麻木了，意识迟钝了，热情消失了，理想破灭了。这样导致的结果可能就是：美即使在眼前，却发现不了。也许唯利是图的观念更使人充满了物欲，而实际上，在欲壑难填的胃口里除了体现生物性的本能以外，人类精神的空虚性是永远不能用物欲来代替的。那么，文学能给我们带来什么？

文学能给我们带来什么？文学追求的真善美就回答了一切，文学憎恶的假恶丑就告诉了我们一切。理想的优秀的文学无不在致力于寻求日常生活经验之外的某些更为崇高深远的东西，关注着人类对生命存在意义和终极价值的追问和掌握。一切优秀的文学作品和正在为创作出优秀作品的作者无时无刻不在努力地提供着优秀的精神食粮。

也许，文学并不是看得见的房子、钞票、汽车等，但文学未必就不见得不重要，它也许是我们住房面前的美丽的花园；也许就是给我们带来仰望星汉灿烂的夜空；也许就是我们时时刻刻要呼吸的空气；在物欲重重包裹下的空虚的心灵需要一个精神的依托，而这个最坚强的依托就是文学。文学的滋养绝不是宗教般的枯燥和乏味。文学是对依恋尘世生活者的无私馈赠，是对单调世界地重新塑造。应该确切地明白，文学艺术之所以有存在的价值，很重要的一点是因为它可以资助人们实现精神飞扬的梦想。文学可以帮助人们把日常生活中的惶惑、短暂、缺乏意义的零散经历成功地转变为令人振奋的、有意义的、跨越时空的人生体验，帮助人们揭示出生命和存在的深层意义，帮助人们超越一般生命物的生存状态，并使人们体味到人类梦想中的神圣和至善，看到凡俗人生背后的庄严和美好。

是的，文学不会给你带来什么，但可以提供给你一个无边的精神疆域。沉湎于物欲的世界会越来越狭小，沉湎于文学的世界会越来越广大。正如著名作家史铁生所说："写作就是要为生存找到一个至一万个精神上的理由，以使生活不只是一个生物过程，更是一个充实、旺盛、快乐和镇静的精神过程。"

是的，我们不能不承认优秀的文学在不断地塑造着我们的生活，塑造着我们的理想，重建着人们需要的精神家园。当然优秀的文学也在承担着批判的责任，它在不断地剔除芜杂和淘汰庸俗。所有污秽不能代表文学，那是玷污文学殿堂的垃圾。文学在提炼着人性，也在塑造着人性。光明圣洁的人性会成为文学永恒的追求，从而改变这个日渐沙化的世界。热爱文学，也就是热爱我们人类的那一片绿洲。

文学如花木

  文学作品有多大的意义，不写作品行吗？当然行，在物欲横流的世风下，任何掌管实物或者物质的似乎在人们的观念中都很重要。当然，吃喝拉撒人生大事，不谈物质，何来精神保障。皮之不存，毛将焉附？马克思都讲物质决定意识。不谈物质，何来精神？这话在理。但是，在物质得到保障之后，不谈精神，还一味谈物质，恐怕就要算"物奴"了。现在社会上存在很多的弊病都是"物奴"现象引起的。"物奴"现象主要体现在贪吃贪占，物质攀比，一味追求金钱利益，忽略人生精神追求。试想，短短的人生，把所有的智慧和精力都投入到了生带不来、死带不走的物质财富上，岂不是活着苦恼、活着无趣？人活着不能一辈子像蜗牛一样背着沉重的壳，这样岂不太累、太苦？人活着，毕竟与动物不同；人活着，还要找趣味，找精神的乐趣，精神的追求。

  在众多的精神追求里，譬如琴棋书画、吹拉弹唱、诗词歌赋等都可以成为我们的精神追求。前人毕竟已为我们创造了很多，他们的精神成果永远学之不尽、用之不竭。这些各行各业的精英大师巨擘，堪为我们精神追求的榜样和标杆。当然,对我们凡夫俗子而言,成不成为大师,这倒不重要,关键是在追求的过程中,我们能够充分与大师对话,充分享受在大师给我们创造的精美艺术食粮中。试想想,人一生钻在钱眼里,品味不到这些精神产品,岂不可惜?有什么样的成人,就有什么样的孩子;有什么样的世风,就有什么样的下一代。在即将进入小康社会的今天,我们倘若还不能走出"物奴"现象,岂不悲哀?其实,对于人心、道德、学问、修养影响最大的莫过于艺术教育,即美育教育。而我们的教育在这一方面就严重欠缺,功利主义、分数至上的思想依然严重。这种教育现象归根结底还属于生存教育,达不到素质教育层面,更遑论艺术教育。国人生存第一、争先恐后的现象至今毫无改观。其实,教育的本质还是发现人、培养人,让孩子们各得其所,各擅其长,既成为全面发展的人,又能够成为某方面的专才,发挥其内在的潜质,为社会贡献更大的力量。

那么,文学写作,究竟有何作用?我想打个比方:文学如花木。文学和花木一样起着调节环境的作用,给人以生机,给人以享受。任何时代,只要是文学繁荣的时代,我想,人们的精神世界都不是枯燥的、荒凉的。试想,在遥远的古代,我们的先民在劳动之余尚且吟唱着那些美丽的歌谣,那是何等的浪漫和幸福?尤其是在《诗经》和《离骚》作品里,那么多的诗句竟然和那么多美好的植物花草联系起来,形成了一个诗意浪漫的艺术世界,这岂能不让人佩服我们的古人?假如在没有文学的时代,那境况岂不就像处于一座荒凉的沙漠。试想,荒漠里让人生存,那是多么令人可怕的一个世界啊!人之为人,毕竟不同于物。荒凉的时代不长草木,那样将意味着什么?岂不意味着这个民族的逐渐衰亡。我们看看历史上那些消亡了的民族,有什么可观的文学作品?而那些强盛的民族,强盛的时代,岂不都留下了灿烂辉煌的文学和艺术。而这些美好的文学和艺术,都必将像美好的花木一样滋养着他们的后人,他们的民族，鼓舞着他们的后代树立起民族的自信，承续他们的文脉，焕发起一代又一代民族的创造活力和生机。

今天的我们，还有众多默默的文学工作者以及文学爱好者，正是在做着培植花木的工作。培植花木的工程在于长，在于久，所谓的"久久为功""冰冻三尺，非一日之寒""为山九仞，岂一日之功？"我们不求不朽，只求我们的作品能够像一棵又一棵美丽葱郁的花木一样滋养着我们生存的环境。塑造美，塑造善，是我们的追求。我们在持续不断地写，坚持不懈地写，就像栽植花木一样，我们期望我们的环境能够越来越好，越来越美。也许，只要这个群体逐渐壮大起来，那么，我们的世界岂不是走到哪儿都是葱郁一片。

文学是泅渡人灵魂的桥梁

人类发展的终极性是对于信仰与精神的追求，孔子与其弟子在两千多年以前就其"克己复礼"的思想周游列国、传播学说。《论语》一书记载了孔子与其弟子精彩的言谈对话，言简意赅，思想精辟，可谓研究儒学思想的重要著作。两千多年以前，面对奴隶社会末期"礼崩乐坏"的社会现状，孔子感慨"人心不古"，他努力钻研《周易》《诗经》等儒学经典，并创造性地阐发和提炼了一些观点，使儒学的思想大放异彩。孔子安贫乐道，他沉醉于精神理想与精神信仰，常常说到"君子谋事不谋食""志于道，而耻恶衣恶食者，未足与议也"。他对弟子颜回大加赞赏，称其"贤哉，回也！一箪食，一瓢饮，在陋巷，人不堪其忧，回也不改其乐。贤哉，回也"！《论语》不仅是一部经典的思想哲学著作，也是一部经典性的散文著作。品读《论语》，联系孔子生活的社会现实，我们不难看出孔子本身所具备的良好的文学素养。孔子曾经对诗教大加赞赏，他称赞《诗》：可以兴，可以观，可以群，可以怨；迩之事父，远之事君；多识于鸟兽草木之名。为此，他喊道："小子，何莫学夫《诗》？"

人教版高中语文教材收录的《子路、曾皙、冉有、公西华侍坐》虽然看起来是一篇孔子与诸弟子的答问，但它却是一篇很经典的写人记事散文。文章以简练的笔墨传神地刻画了孔子温厚的长者风度以及诸弟子形神兼备的个性风采。从文中生动的描述中，我们可以看出孔子高深的文学素养。曾皙答道："莫春者，春服既成，冠者五六人，童子六七人，浴乎沂，风乎舞雩，咏而归。"从夫子喟然叹曰地赞赏"吾与点也"的回应上，我们可以看出孔子对弟子曾皙的欣赏。曾皙诗意的回答，或者用文学性的语言生动描述回答了自己的理想，展现了一幅"礼教之乐"彬彬之盛的社会图景。我们从中也可以看出孔子的文学理想。的确，在食不果腹、破衣弊车的简略的物质生活条件下，孔子与其弟子困于陈地，在常年的颠沛流离的游说路上，是什么支撑孔子去传达自己的学说？是什么让孔子超越了生活的苦难？我们可以说：是文学。这个信仰，使他具有宗教徒般的虔诚和理想。

是的，文学可以超越苦难，文学是泗渡人灵魂的桥梁。物质生活和精神生活是两条永不相交的河流。物质生活的充裕并不能代替精神生活的丰裕，而精神生活的丰裕也代替不了物质生活的充裕。在物质生活与精神生活的两条河流之间，永远横亘着一条鸿沟。有时，对于那些充满人文思想的知识分子来说，往往物质生活的困境却常常成就了他们在精神生活方面所占有的高度。于文学是就成为他们通向精神高度的一座伟大的桥梁。孔子如此，屈原何尝不是如此？而司马迁呢，倘若不遭腐刑，能有卓越《史记》的横空出世？于是，我常常悲观地认为，那些伟大的文学家，在他们光鲜的人生作品背后，一定是苦难的人生。这种苦难，一是心灵之苦难，一是生存之苦难。而这两者之中，尤其更重要的是前者。从事文学既是天才，也是缘分。没有苦难，就不会有卓越的作品出现；没有苦难，就没有伟大作家的横空出世。

文学真美

　　读了一篇很早收藏的《语文报》上的散文。我情不自禁地发出内心的声音。这篇散文的作者是日本现代著名的诗人，小说家岛崎藤村所写的《太阳的话》。报纸时隔十年之余，已经略略发黄，然而我至今还是保存着它。过去的岁月不知自己好好读过没有，也许年轻时期有点匆忙，也许那个时候有点浮躁，也许那时读书的心境还不大好，所以对这篇文章似乎并没有多少深刻的印象。今天，忽然有了读书的心境和愿望，于是，顺手拿起了多年前的收藏的报纸，不期然读到了这一篇文章，竟然是一读再读，感觉耐人寻味。

　　大多很美的散文往往都是很朴素的，写着作者内心的话，谈着自己对于人生的品味和感悟，情感上都是很真实的，很真诚的。也许这才是好文章的奥秘。我喜欢这一类坦荡直露自己情思的文章。因为这类文章绝无华丽的辞藻，矫揉造作的感情。作者就是把自己的一颗心交给读者，把读者视为知己，视为朋友一样，对他们负责，也对自己负责。我感觉这才是文学的意义。读着这样的文字，作者的形象似乎就在眼前，作者的情思就如同与老友会面,直抵人心。这样的文字决不会误人,决不会让人走向歧途。而且在阅读中你也不自然的会被文章所打动。时隔几天没有动笔,我感觉自己一时灵感枯竭,没有什么可写,脑中空空如也。曾经固执地以为只有走向自然,走向更陌生的地域才有可能激发自己的灵感。殊不知读了这篇文章竟然让我改变了自己的看法。

阅读其实也是一种美,阅读这样的文学,何尝不是一种享受。对于要从事文学创作的人们而言,不能不好好阅读。对于不从事文学创作的人而言,同样也要好好阅读。阅读其实就是一种发现,发现别人,发现自己。这是阅读的本质,我们任何人都不能排除它、抵制它的。只要你一读起文章,就会走向作者的思想领域,艺术境界。同样地,我们也会在其中寻找自己,反思自己,琢磨自己,这是任何人都避免不了的事情。是的,当作者发现了太阳的美时候,我内心也在拷问自己,自己发现过太阳的美没有。自己对太阳的美是否有那样的疯狂的触动。而当作者提出我们的当务之急不仅仅是要追赶眼前的太阳,更重要的是要高高举起自己生命内部的太阳。当"作者这一种感情与日俱增,在他年轻的心灵深深地扎下了根"时,我是否有一种感情。我自己内部的太阳升起了没有。是啊!这值得我们任何一个人去深思。

一度沉溺在低落的情绪里,这是很坏的情绪,必须振作起来,重新点燃心中的激情,燃烧文学的火焰,发现生活的美,抒发生活的情。让文学的太阳照亮人生!不知什么原因,我又忽然想起塞缪尔的《青春》了:青春不是年华,而是心境;青春不是桃面、丹唇、柔膝,而是深沉的意志,恢宏的想象,炙热的恋情;青春是生命的深泉在涌流。青春气贯长虹,勇锐盖过怯弱,进取压倒苟安。如此锐气,二十后生有之,六旬男子则更多见。年岁有加,并非垂老,理想丢弃,方堕暮年。岁月悠悠,衰微只及肌肤;热忱抛却,颓废必致灵魂。忧烦,惶恐,丧失自信,定使心灵扭曲,意气如灰。无论年届花甲,拟或二八芳龄,心中皆有生命之欢乐，奇迹之诱惑，孩童般天真久盛不衰。人人心中皆有一根天线，只要你从天上人间接受美好、希望、欢乐、勇气和力量的信号，你就会青春永驻，风华常存。一旦天线下降，锐气便被冰雪覆盖，玩世不恭、自暴自弃油然而生，即使年方二十，实已垂垂老矣；然则只要树起天线，捕捉乐观信号，你就有望在八十高龄告别尘寰时仍觉年轻。

"玩好文学"与"文学好玩"

高等讲堂里通常讲文学颇有些严肃沉重的味道，这样的架势本来把一个很活泼很快乐的文学鉴赏活动当成了一个很沉重的生命旅行。形成这样的调子其实是与中国传统的文学批评思想有关，也与儒教过于正儿八经的严肃教化有关，这使得本来充满灵性与活力的文学常常被打上了政治的烙印。

于是乎，鉴赏文学作品总要提起孟子的知人论世，总是要把文学放在一定的时代背景来理解。当然孟老先生的思想是有他一定的道理的，在有的作品上的确是需要研究其人其世的，设若脱离这个背景也许欣赏文学作品是要打一定的折扣的。但是，任何道理都不是放之四海而皆准的真理，真理也有它的相对性，真理不是绝对的，这是马克思哲学的辩证法。

既然如此，那么凡是一提到文学鉴赏活动就何必要知人论世，把作者的祖宗八代都要拉上来，这样的鉴赏方法恐怕有脱离作品意义的味道，而像查户口似的，虽然鉴赏者似乎不太具有恶意，不会像文化大革命中专门搞整人的"文革"小将们那样，但是试想一下，如果这些供研究的作品的作者还在世的话，看到这些一定是会很不舒服的。这大概就像钱钟书在回答一位外国读者的问题时说的话："倘若你觉得这一只鸡蛋很好，你又何必去了解这是哪一只母鸡下的蛋。"大概的意思是这样，我记得准不准，读者可以去查。看来钱老先生也是很反对这一种鉴赏方法的。从钱老先生幽默风趣的创作风格来看，我看对文学创作的活动来说，其实不妨看作一种兴致勃勃地"玩"。

说到玩，其实每一个人都爱玩，就看你喜欢上了玩什么，一般来说，小时候的兴趣往往是非常重要的。拿我——一个文学爱好者来说吧，我小时候喜欢玩捉迷藏，喜欢玩打仗，喜欢读小人书。其实在我的眼里，读小人书就是一种玩。这个玩和捉迷藏、玩打仗一样，都是非常有趣的事情，而不是大人们强加上的——看这个孩子多么爱读书，在大人们的眼里，好像读书就是一件很正儿八经的事情，于是便拿这个常常教育我的同伴们。然而他们却没有替我的同伴们想想，他们到底喜欢不喜欢，拿不喜欢的强加给他们，就不是我读小人书的那种兴致勃勃的感受了。我玩捉迷藏可以玩到太阳落山忘记了吃晚饭，玩打仗玩得直到别人打破了我的头，玩读小人书经常跑到十里开外的街道连环画摊子上忘记了回家。

正是这样痴迷地玩读小人书，于是我就更多地知道了梁山英雄好汉，知道了三国历史风云，知道了聊斋花鬼狐妖，知道了孙猴子猪八戒等。于是很多的文学故事就钻进了我的头脑，给予了我丰富的精神世界。这样直到我上了大学，感兴趣的还是文学。小时候玩的心态仍然是占据着内心深处，可是在高等讲堂里，教授们总是喜欢正儿八经地讲文学，把文学讲得神圣而高深，似乎有点不食人间烟火似的。

到了后来，当我也拿起笔开始写作的时候，当心里总想着要有深刻的思想意义的时候，反而感到了写作是一种痛苦。写着写着，连自己都感到没有写下去的兴趣了。可见，最初把文学视为神圣高深的做法是错误的，那么还是回到最初的本意，写点自己感兴趣的东西。这样，慢慢地就写出了一大片，接着也就有了很多的文章见诸报刊副刊，我的作品也得到了很多文学爱好者的肯定和喜欢。

如果有人要问我，写作有什么秘诀？我自然会回答，写作无秘诀，写作就是一种玩，就像我小时候喜欢玩捉迷藏、玩打仗、玩读小人书，然后到现在喜欢玩写作。其实我们不妨细细观察一下，只要你喜欢玩什么，就会宁愿不吃不喝废寝忘食地去搞，玩到了一定的境界就是欧阳修《卖油翁》里写到的"无他，但手熟尔"。我曾经仔细观察过那些打牌的，那些热衷打牌的能测算出对方的牌是什么情况。可见，在打牌人眼里，打牌就不仅仅是想要赢别人，而打牌本身就是他们非常喜欢的一种游戏，打牌变成了玩牌，还难怪他们有这样高的测算能力。其实推而广之，下棋高手们何尝不是一个个好玩家。玩棋玩到了最高水平不也就成名成家了。下棋如此，那么那些在某一科学领域同样取得成就的科学家们，倘若没有"玩"的精神，其实也是很难取得很高成就的，像一位著名的化学家曾经生动地讲过那些原子离子的运动竟然也是一道美丽的风景。这对于化学知识是门外汉的人来说，这位化学家描绘的美丽风景他哪能感受得到？没有投入地玩，痴迷地玩，哪能发现其中的趣味呢？设若换一个问题，对于那些文学写作是门外汉的科学家来说，也许其中的奥妙也和那位看不到化学运动里的美丽风景的门外汉一样，发现不了文学的美丽来。这就是玩文学者的长处了。

由此可见，"玩"还真是搞好一件事情的前提了，因为喜欢，就喜欢"玩象棋""玩数学""玩文学""玩语文"等。因为"玩"，往往就想"玩好"，也正因为喜欢"玩好象棋"或者"玩好数学""玩好文学""玩好语文"等。于是，象棋、数学或者文学、语文等也就能"玩好"，也就能成名成家，也就能摘金获奖。然而外行往往仰视于门外，哪能知道这些摘金夺银者其实就是最大的"玩家"。

文学的"朝""野"之辨

文学上有一种有趣的现象，在"朝"的干不过在"野"的。这么说原因何来？

不妨看下《诗经》这部经典，孔先生删除厘定"诗三百篇，去"怪、力、乱、神"之语，逐渐形成至今可见的"诗三百"，被奉为儒学经典之一。"诗三百篇"依照体例分为"风""雅""颂"，依照手法分为了"赋""比""兴"。从体例来看，"风"多来自"野"，来自底层，表现民间生活，传达老百姓的情感与声音；而"雅"呢，则多来自贵族文人，内容多为祭祀诗歌，祈丰年、歌颂祖德之类的，但也有些反映了民间愿望的内容；"颂"呢，则完全来自"朝"，来自"庙堂"，内容则为祭祀宗庙、讴歌先祖之类的煌煌正音。然而，历经几千年的风雨洗礼，大浪淘沙，"风"的经典品质依然稳如磐石，如《关雎》《静女》《相鼠》《硕人》《君子于役》《伐檀》《硕鼠》《蟋蟀》《蒹葭》《七月》《载驰》《黄鸟》《无衣》等篇目可谓深入人心。然而，"雅"与"颂"与其相比，尤其是"颂"，同样作为"诗三百"一个重要部分，究竟给人们留下了多少印象，这些谈起来真是让人不言而喻，让人哑然失笑。

再以楚辞为例，缘何楚辞里屈原的作品多成为经典，这与作者善于向民间学习是分不开的。屈原诗歌艺术的高度，也是缘自于楚文化的雄厚土壤。史载：楚地巫风盛行，楚人多以歌舞娱神，于是神话大量保存。这与正统的北方文化孔子去除"怪力乱神"等虚妄之语不同，楚地山高路远，隔山跨水，颇有山高皇帝远的味道，这种地理上的偏远，恰恰使得楚地文化少却了朝堂正统文化的干扰，从而使得它们能够肆意发展，表现出一种蓬勃的野性魅力和想象魅力，如同长江浩浩荡荡那样，楚辞充满了无限的艺术想象气息和艺术张力。向当地民歌借鉴，学习他们的表现艺术，如《说苑》中记载的《楚人歌》《越人歌》《沧浪歌》等优秀民歌，在屈原的经典作品里或多或少都可以看到其中的影子。尤其是屈原的代表作《离骚》是在遭受贬谪之后心情备受压抑和苦闷而写，离开了"朝堂"，艺术女神反而把桂冠赏赐给伟大的"在野"诗人，难道真的被杜甫先生不幸一言说中："文章憎命达，魑魅喜人过"了。

更有趣的是"江郎才尽"的故事。江郎指的是江淹，江淹(444—505年)，字文通，南朝著名文学家、散文家，历仕三朝，宋州济阳考城人。钟嵘《诗品》记载：初，淹罢宣城郡，遂宿冶亭。梦一美丈夫，自称郭璞。谓淹曰："我有笔在卿处多年矣，可以见还。"淹探怀中，得五色笔授之。而后为诗，不复成语，故世传江淹才尽。其实，仔细探究，江郎并非才尽，而是江郎身份发生了变化，做官的作威作福与颐指气使以及在官场的蜕变，使得他已经失去了"说真话"的勇气。看来还真是屁股决定了脑袋，脑满肠肥似乎更不适合于一个诗人。

在这里，有的人可能要说："建安文学可是一个例外。"建安文学其实也是一种乱世文学，乱世文学也是"在野"文学。自汉武帝"罢黜百家，独尊儒术"以来，文学发展一度受到束缚，沦为经学的附庸，文人思想受到了严重禁锢。而当王室倾颓，鹿失天下，天下混乱，军阀群雄逐鹿，此时，礼崩乐坏，儒学失去了应有的统治地位，文学开始活跃，逐渐摆脱了经学枷锁，出现了反传统的思想，其中便以曹氏父子为代表。曹操既是建安文学的主将和开创者，也是建安文学的领袖。他的代表作《蒿里行》即描写了军阀混战时期的惨景，《短歌行》更是脍炙人口的名篇。在乱世之际，他一方面看到战乱给百姓带来的痛苦；另一方面，他也渴求人才，希望能够招募天下贤才帮助他平定天下。这种开放的思想就为"建安文学"的蓬勃发展打下了坚定的基础。

以阮籍、嵇康为代表的"正始之音"以及涌现出的"竹林七贤"，更是文学"在野"的代表。至于南北朝民歌的出现更不用多绕口舌，到了《西游记》《水浒传》《三国演义》《金瓶梅》《聊斋志异》《红楼梦》等的出现，就更不用说了。

文学的"朝""野"之辨，似乎更能说明文学"在野"道理。但在当代，在党对文艺工作的高度重视下，"朝""野"文学恰似正规军与游击队的相互配合一样，都是为繁荣社会主义文艺、为人民群众提供最优美的精神食粮。

自然是一本无言的美学巨著

自然是美好的,是丰富多彩的,是博大精深的。走进自然,当然有赏不完的美景,看不尽的风致,谈不完的话题,思考不尽的问题。

大自然本身蕴含着无穷的美,就像一本无言的美学巨著。在这本无言的美学巨著里面,我们每个人都可以充分发挥个人无穷的才思与妙想。"登山则情满于山,观海则意溢于海"。

请相信,自然会让你成为一位多愁善感的诗人。当然,在阅读自然这本美学巨著时,我们必须有所准备,一颗未泯的童心,一个善良博大的胸怀,一颗知识丰富的头脑,当然,还有火热的情感和善于思考的心灵……

须知,自然是无言的诗,是无言的画,可是,再怎么美的美人也需要会欣赏的知音。站在自然的面前,恰如站在一座雕塑面前,站在一副巨画面前,你得有所思有所想才能与之共鸣共振。《易经》曰:"天行健,君子以自强不息;地势坤,君子以厚德载物。"《庄子》曰:"天地有大美而不言,四时有明法而不议,万物有成理而不说。"大自然本身蕴育的美，自古暨今不知给那些大诗人大哲学家提供了多少取之不尽用之不竭的灵感源泉。可是，须明白，在他们获得诸多灵感的背后是一颗善感的心灵和洞察历史的深度。须知，日月星辰、江河湖海、山岳奇峰、广袤草原、驼峰沙漠、树木森林、奇珍异宝等无不充盈智慧的灵泉、艺术的渊薮。可是，你得要有准备，你得要有诗人的情怀、哲学家的眼光、美学家的风度，还有一颗不羁的心灵。

诗人是自然的情人，艺术家是自然之子。自然虽然毫无差别，然而对于诗人、艺术家而言，却融入了不同的情感和哲理。世界上没有两片完全相同的树叶，对于诗人、艺术家而言同样如此。同样写蝉，虞世南写到"垂緌饮清露，流响出疏桐。居高声自远，非是藉秋风"。骆宾王写到"西陆蝉声唱，南冠客思深。不堪玄鬓影，来对白头吟。露重飞难进，风多响易沉。无人信高洁，谁为表予心"？李商隐写到"本以高难饱，徒劳恨费声。五更疏欲断，一树碧无情。薄宦梗犹泛，故园芜已平。烦君最相警，我亦举家清"。三位诗人三种不同的境遇三颗不同的心灵，自然，在他们的笔下自然（蝉）就呈现三种不同的内涵和情思。正如清施补华《岘佣说诗》云："三百篇比兴为多，唐人犹得此意。同一咏蝉，虞世南'居高声自远，端不藉秋风'是清华人语；骆宾王'露重飞难进，风多响易沉'是患难人语；李商隐'本以高难饱，徒劳恨费声'是牢骚人语。比兴不同如此。"

我们要得自然的钟爱，自然先得热爱艺术的自然。前人为我们准备下了丰美的礼物，我们为何不去接受。须知，艺术与艺术是相互贯通的，自然与自然是会相互点燃的。"投之以桃，报之以李"。你为艺术的自然投入多少，眼前的自然也会为你回报多少。须知，艺术的自然融汇在那一本本经卷里、典籍里，而眼前的自然却又会自动地引发那颗热爱艺术的心灵。饱受艺术的启发之后，请让我们热爱自然，踏进自然的胸怀，与自然亲近，与自然对话。"欲把西湖比西子，淡妆浓抹总相宜"是苏轼与西湖的对话;"飞流直下三千尺,疑是银河落九天"是李白与瀑布的对话;"欲穷千里目,更上一层楼"是王之涣与鹳雀楼的对话。只有饱读了艺术的自然,亲近了眼前的自然,自然也许真的才会赐予我们灵感,让那一颗充满诗意的心灵迸发出灿烂的思想光芒。

自然是一座开采不完的宝藏,在自然这座宝库里,我们人类已经创造了无穷的丰富的具有本民族风格的艺术品。因此,亲近自然,更要亲近我们人类自身所创造的具有本民族风格特点的艺术品。须知东西方各有不同的气候特点、地理地形,因此也就孕育出了各自不同的民族风情与文化风情。所谓"一方水土养一方人"正是此理。欧洲沿海国家具有海洋性的开放意识,故性格浪漫开放,崇尚自由。故了解欧洲国家人文地理首先要从文艺复兴入手。东方具有大陆性农耕性封闭特点,故了解东方就要从漫长的封建性历史去入手。每一个民族所涌现的杰出人物是本民族的瑰宝。与艺术的自然亲近,不仅仅是了解每一个民族的饮食习惯、服饰特点以及风俗习惯,更重要的是走近本民族里所涌现的杰出人物,从这些历史杰出人物身上汲取精神力量,传承优良传统。

须知,自然不仅是我们的精神导师,洗涤我们的灵魂,给予我们宽阔的胸怀,也会引导我们崇尚那些杰出的创造出艺术自然品的精神导师,引导我们崇尚艺术与自然,崇尚正义与真理,崇尚文明与文化,崇尚情感与理性。

散文就是散文，何来快餐化

时下散文领域有一些学人喜欢把那些精短类的散文称为"快餐化散文"，我实在认为不妥。

散文就是散文，何来快餐化。在散文前面冠以"快餐化"总感觉是对精短类散文的蔑视。持这种观点的学人无非就是喜好那些长篇大论的三五千字以上或者洋洋万言的散文，总认为这样的散文就是大散文，就是厚重、有分量、有历史责任感、有生命感悟力的好散文，就是耐人寻味、耐人咀嚼、流传百世万世千古流芳的好散文；甚至有些学人还极力指责批评各类报纸副刊的散文，称其大都是些快餐型散文。这种狭隘散文观的错误认识，其实是严重缺乏文学常识的，是对散文创作领域的错误指导。

散文创作和其他文学体裁创作一样，都要反映生活，提炼生活，升华生活，指导生活，以其健康向上的思想内容和优美的艺术形式来打动读者、感染读者。作为散文素材的生活，本身就是丰富多彩的、包罗万象的，大到天文地理，小到家长里短，中到国家大事，人物春秋，可以说是无所不包，无所不有，在所有的文学体裁里，最有表现力的最能够表现生活真实的恐怕还是散文家族，散文其实就是所有文学体裁里的一个泱泱大国。自古暨今，从中到外，几乎所有在文学上有所建树的文学大师们都有散文著作，更不用说许许多多的无名之辈的散文作者了。

散文之所以受到人们的喜爱，还不是因为其表现形式灵活，不像诗歌那样受到这样那样的约束。散文，名为散，顾名思义，放开之文，有话则长，无话则短。有所可写你自然可以洋洋万言，甚至几万言自由挥洒，无人嫌你长；无所可写你自然也可以几百字或者千把字来表现，也无人嫌你短。散文的质量高低好坏不能以长短来评定，评定散文质量的高低好坏最终还是以其是否有思想内涵和优美的表现形式为准的。

有些散文看起来短，但是却以其深厚的思想内涵和优美的艺术形式打动着千百年来的无数读者。以中国古代散文来看，无论是《论语》的简短的对话体，还是孟子的论辩体，或者是《老子》的格言体，以至于到《荀子》《韩非子》《庄子》的学者体，之所以能够流传千古，不是因为其内容的长和短来确定的，而是以其深刻的思想内容和优美的艺术形式决定的。唐宋八大家，明清散文，甚至包括影响较大的《古文观止》里所收录的所有散文，哪一个不是依照这样的标准。如果要按照有些学人的标准以字数来论短长，这些岂不都成了快餐散文，如果给它们加上快餐二字，岂不是对他们的亵渎和不尊吗？

古代散文是这样，那么现代散文呢？像鲁迅、郭沫若、巴金、胡适、周作人、冰心、郁达夫等。他们的精美散文何尝是以长篇大论独领风骚的，恰恰相反，他们的散文大都很精短，具有较高的艺术性，因此才成为后人不断学习和借鉴的范本。特别值得一提的是现代著名散文家梁实秋有一个观点就是"力求散文精和短"，并且他也是追求"散文精和短"艺术的实践者。那么外国散文家呢？像培根的哲理散文、蒙田的随笔哪一个是因为长篇大论而驰名中外的呢？因此，散文的长并不标志着思想

067

容量大，艺术性强；散文的短也不标志着思想内容贫乏，艺术性弱。有些散文的长反而让人感到啰嗦、乏味、无聊；而有些短，反而让人感到余音绕梁、回味无穷。

因此，散文的写作尽可以依照真情真性真识来写，没有必要以文字的长短来确定其艺术价值的高低。朱自清的《背影》既不华丽，内容也不长，但是却登上了散文的高峰，指引着散文的创作。如果以字数长短来评价，岂不是连朱自清这样的大家的文章也成了快餐化散文，这真是对散文的亵渎，对大师的污蔑。

散文本来就是不拘形式、自由灵活的一种文体，大师们可以写，无名作者就是老百姓也可以写，"以吾手写吾心"，自由倾吐，自由抒发，何来那么多的规矩，何必规定这样写、那样写。东指点，西指点，好像他就是散文大师一样，其实让他自己来写，也不见得就比谁高明。所以，要让散文创作繁荣，还是应以一种包容宽宏的视野来看，不要随便框定形式，框定名词，随意贬低报纸副刊上发表的各类散文；毕竟报纸副刊上的散文无论艺术性还是思想性，其实都是很不错的，去掉"快餐化"的贬称，恢复散文就是散文的称呼。

文以气为主

　　古代文论家主张"文以气为主","气盛则言宜"。这种思想早在庄子时就已经提出,庄子在《逍遥游》中道:"夫水之积也不厚,则其负大舟也无力;风之积也不厚,则其负大翼也无力。"有人也许疑惑,文论家们主张的"气"又与庄子提到的"水与舟""风与翼"有什么关系。我想,古代文论家们不过是把作文的道理更加概括化了、抽象化了;而庄子的话则是一个形象的说法,具有普适性的哲理。"文以气为主",概括的是文章的大道理,这里的"气",一是指生命之气,二是指精神之气。

　　生命之气是写文章的物质基础。中华传统文化注重生命的调养,《黄帝内经》里就有关于生命之精气神的重要论述。作家只有在元气充足,生命力极其旺盛的时候才会神思飞驰,气吞山河。人道"韩(韩愈)潮苏(苏轼)海",每每拜读他们的文章,总会感受和体验到

　　他们生命中的一种强悍和力量。因为文之时,需借助灵感,而灵感之产生却需借助生命之蓬勃元气。倘元气衰微,则人之神气昏暗,气血衰弱,不说为文,肌体尚要恢复调整。故"文以气为主",当先要养生命

之气；故欲写好文章，当先要养足精气神。作者气血饱满，神情旺盛，写出来的文章自然也会气血饱满，感情充沛，具有一泻千里，一气呵成之势；文章自然首尾圆通，生气勃勃。

精神之气是写文章的内在力量。这种内在力量需要作者在写文章之前做大量"内功"。习武之人讲求"内功"，就是练气，气血力量不是一朝一日就能练出来的，它有一个渐渐积累的过程。习武之人练功、练气都非常讲求环境，讲求时间，需要一种坚持不懈的精神；所谓采"日月之精华"、吸"五谷之精气"。这样"内功"才能渐进，武功最终达到上乘水平。而对于写文章练"内功"，它也需要练功者采集天地之精华，集纳古今之学术；而且同样需要坚持不懈的精神。这样，通过大量的精读细读泛读，含英咀华，上知天文，下知地理，中通人事，自然而然作者内部的"功力"就会加强，"气盛而言宜"，如水之载舟，气之浮翼一样，是功到自然成的事情，哪里会有勉强为文之道理？

保命有本能，重在知用，而"精神之气"则非苦练不可！人在修练知识、思想"内功"的同时，须严守"正义"，使"气"有"浩然之正"，唯浩然正气至大至刚，充塞天地之间，其为气也，配义与道，无馁而已。这种情形正如李大钊所提倡的"铁肩担道义，妙手著文章"的思想一样；一腔正气在前，就会为民为国摇笔呐喊，九死而不悔。

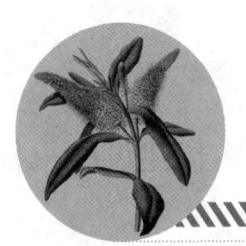

第三辑 谈文论艺

优秀的文学能承担起文化建设的重任

　　文学是文化建设中的一支重要力量。谈到文化，必定离不开文学；谈到文学，必定离不开文化。文学和文化相生相依，如皮与毛，水与乳的关系，任何人谈到文学和文化想把两者截然分开就好像要把牛乳从水中分离出来，把皮和毛分开那样困难一样。文学与文化的血脉相连，已经是月亮的正面和背面。假如文学是那耀眼的光环，那沉淀在它骨子里的必定是文化的因子。

　　如高山之松，原野之竹，山涧之兰，冰雪之梅，秋霜之菊，优秀文学以倔强的性格和顽强的生命力扎根在中国文化的大地上。无论是诵读"虽九死其犹未悔"的诗句，还是轻吟"吾日必三省三身"的警句；无论是陶醉于孟子的"我善养吾浩然之气"的誓言，还是敬仰"斯是陋室，惟吾德馨"的那一份情操，抑或是体味那一份"安得广厦千万间，大庇天下寒士俱欢颜"的苍凉。从对祖国"尧之都，舜之壤，禹之封"的深沉热爱，到"在齐太史简，在晋董狐笔，在秦张良椎，在汉苏武节"的庄严责任，优秀的文学无不起到肩负起建构中国传统文化大厦的重任的担子。

　　无论是何时何地，何年何代，优秀文学都如绵延的长江水和滔滔不息的黄河水哺育和灌溉着这一片强壮的文化土地，让这一片强壮的土地上涌现出无数的优秀儿女。受传统优秀文学的哺育，到沐浴现代文学和当代文学繁荣的雨露，中国文化在优秀文学的滋养下健步前行，昂然挺立。借鉴与继承，吸收与创新，中国文化的改变处处离不开优秀文学的影子。优秀文学肩负起了铸造中华文化的大任，一部《青春之歌》曾几何时掀起了多少优秀青年向往革命，向往延安的热潮；一部《呐喊》曾几何时唤醒了多少颗麻木的沉睡的灵魂。如此之多，数也数不完，道也道不尽。优秀文学在塑造民族昂扬的精神上，建构人们的思想大厦上不知起到了多么大的作用。

　　建设社会主义的核心价值体系，围绕科学发展观，既需要理论的滋养，也需要那些具体生动的文学艺术形象来感染人，教育人，激励人，引导人。纵观文化建设，在这一方面，优秀的文学无疑起着"春风润物细无声"的作用。尤其当今，无论是在弘扬中华文化，提高全民族文明素质上，还是在增强国家文化软实力，建设社会主义文化强国上，优秀文学都能承担起文化建设的重任。

深深植根于传统文化土壤的艺术大家

中国传统文化博大精深，有着深厚的文化资源和创作资源，任何一位从事中国文学艺术创作的作家或者艺术家要想真正创造出属于本民族气魄的文学作品，都必须要深深地扎根于这一片深厚的土地上，植根于传统博大而又精深的中国文化上。

中国传统文化源远流长，孔孟思想，老庄道学，释家学说，可谓相互弥补，相互融合，在长期的文化传承中彼此借力，相互包容，逐渐融合为一种大智大圆通的哲学思想。而这一种哲学思想同时又深深地贯穿于中国传统博大精深的文学艺术作品中。《诗经》朴素写实，《离骚》瑰丽想象，秦汉纵横激越，汉赋铺张扬厉，直至魏晋飘逸风骨，南北清丽豪放，而至盛唐则璀璨灿烂，到宋代则思理迭出，然气势不倒，元则曲辞渐起，终至辉煌。明清小说，蔚为大观，开承前启后之新篇。随着五四新声，一代新文学又巍然崛起，鲁郭茅，巴老曹等新文学精英纷纷跃上舞台，他们均施展才华，融西学之风与东方智慧，共同铸造出一代有着民族气魄和风骨的阳刚大作。

事实证明，中国现代文学的辉煌灿烂既有开放进取的西学精神，更有来自大家们扎根于这块深厚土地之上的博大精深的中国传统文化精神所给予的丰厚营养。他们的成就，就如英雄安泰是大地母亲的儿子一样，只要身体不离开大地，他就拥有无穷的力量，就能够所向无敌。因此，把自己的根系深深地扎向生于斯长于斯的这块土地，就能获取无穷的灵感和智慧，开启中国文学的辉煌篇章。

当代文学不甘其后，奋力比肩，在三十多年的发展历程中，追随探索，摸索前进，紧随改革开放营造出的良好的文化氛围，激流勇进，大胆开拓，奋力借鉴，亦逐渐涌现出可歌可泣的动人篇章，无论是路遥，陈忠实，还是贾平凹，乃至莫言等，他们都承续现代文学之文脉，借鉴西方文艺思潮，浇灌东方艺术之花，先锋主义，魔幻现实主义相继扎根落地，与传统中国文学之精华相衔接，生成具有中国本土风格民族风格民族气魄民族气象的好文学。当代中国文学的大船终于由莫言等人的巨手把它推向了世界的海洋，迎风破浪，升帆高扬，踏浪而歌，传唱出东方巨龙复兴的好声音。

纵观他们的成就，同样也离不开生于斯长于斯的这块融汇着他们深情的土地的博大文化的滋养。正如贾平凹说过"在中国古典艺术中，去寻找那些与西方现代派文学相通相似的方法。从东西方相通相似的地方，切入比较探索，或许能找出一条成功的捷径"。而莫言的魔幻不仅来自西方现代主义，也来自中国古典文学。莫言曾经自称为"妖精现实主义"。《生死疲劳》《酒国》里的妖魔鬼怪，与《西游记》《聊斋志异》的古典传统是密不可分的。最近，莫言在剖析自己文学风格时提到了一个新词"梦幻现实主义"，表示他并非要写西方魔幻现实主义小说的翻版，而是想写出有自己特色、中国特色的小说，为了写出有自己特色、中国特色的小说，莫言把目光和笔触深深地投向了故乡这块深厚的土地，在这块深厚的土地上，他与与故乡作家蒲松龄一拍即合。莫言坦然表示，"对我影响更大的是蒲松龄这样的作家,他与我有血脉上的联系,是故乡作家,和我是一拍即合"。

相信这就是扎根传统艺术土壤汲取艺术魅力的效果,深厚博大的传统艺术给予了他们无穷的灵感与才气,给予了他们生生不息的创造力量和智慧源泉。一个作家艺术家倘要有所作为,要创造出属于本民族又能够面向世界的大气的文学,除了积极汲取西方文学的精华以外,还要努力的结合本民族的特点,向博大精深的传统文化借力学习,努力汲取它们的营养和力量,才有可能创造出声响不凡的佳作来。

写文章的灵感从哪里来？

　　写文章的灵感从哪里来？这恐怕是常常想写文章的人日思夜想的事情。也许有人会毫不犹豫地说：写文章的灵感自然从生活中来；可能也有人开玩笑地说：写文章的灵感从大脑中来；也许还有人会说，写文章的灵感从阅读中来；这些说法其实回答地都有点过于笼统，对于从生活中而来的意见，当然没错，言外之意不从生活中来，还会从天上掉下来吗？当然对于从大脑中而来的说法，是回答地有点滑稽，灵感灵感，自然是大脑产生的感觉，不然还能是什么？对于从阅读中而来的说法，也有一定的道理，阅读可能是一种唤醒，一种刺激，当人茅塞顿开的时候，灵感之泉就源源不断，汩汩而泻了。但是这些说法都回答得令人很不过瘾。

　　那么，有人自然会问了，好，既然你提出了这个问题，那么你说说写作的灵感到底从哪儿来？我自然会毫不犹豫地回答：从热爱中来。也许绕了一大圈，对于这么个回答有人自然很不满意了。有人自然会说了：我喜欢好文章，可是我也十分想写出好文章，可是灵感没有啊？那么我一定要说：你尝试着写了文章没有？你坚持写文章了没有？是啊，有人总是想写文章，可是就是不自信，总感觉自己写得很糟糕，写得很丑陋，于是写写就写不下去了。那么在这里，我就要告诫这位朋友了，比如画画吧，达芬奇最初在学画画的时候，老师就是让他学画蛋，一个鸡蛋能画百遍，甚至千遍，这是什么原因？依我看，这是老师在训练他的观察能力和动手能力，也不妨说是老师在训练他的思维能力，一个鸡蛋，你看看，正面画，侧面画，立起画，在明处画，在暗处画，画它的明暗对比，画它的旋转投影等。正如同样一个事物，"横看成岭侧成峰，远近高低各不同"的道理一样，即使是熟悉的事物，只要你变换一个角度，就仍然是陌生的事物。所以开始写文章就和开始画画一样，难免有写得不好的地方或者说有画得不好的地方，但是，只要热爱，坚持不气馁，不放弃，永远保持着最初的赤子状态，就一定能在写作中迸发出鲜活的灵感来，而且也一定会越写越好。

热爱就是一种良好的写作状态，这种状态也最易于激发灵感。写作热爱到和喜欢画画的人的那一种痴迷的状态，灵感自然就会翩翩而至。我常常在路边或者在公园或者在山水名胜区，总是能见到一些痴迷的画师们，他们常常背着一个画夹，或者就蹲在路边涂抹冉冉升起的朝阳，或者站在公园的亭子边描绘那一群群水边的白鹭，或者登在山顶专心致志的描绘那崖壁上的松树。试想，这些画家们专心致志的涂抹描绘的自然景象，倘若放在一个毫不热爱画画的人的眼里，哪儿是画画的素材呢？在一个不热爱的人的眼里，哪儿有写生的风景呢？热爱产生灵感，热爱就是灵感之泉。写作就是热爱美，憎恶丑；歌颂善，鞭挞恶；表现真，解剖假。唯有热爱写作的事业，那么写作的灵感也就会源源不断。

热爱产生激情，激情产生燃烧的火焰，当写作的激情爆发，所有的想象之门似乎都向你打开，一棵小草，一朵晚灯下的玫瑰，一轮朝阳，一道喷泉，一座雕塑，一位老人，故乡，母亲，儿时的朋友，天上的星星，西天边的明月，无处不在的景物也许都在点燃你的情感，打开你的想象，名人的一句话，朋友间的聊天，新近看到的一张图片等，无时无刻不在启迪着你那敏锐的眼睛，扇动着你的想象之翼。

是啊，热爱是灵感之泉，在热爱的火焰之下，一切都是新鲜的，活泼的，可爱的，充满生气的，充满神奇的；热爱可以突破物我界限，热爱令物我融为一体，"我看青山皆妩媚，料得青山亦如是"。昨夜松边醉倒，问松"我醉何如"。只疑松动要来扶，以手推松曰"去"。热爱是："这一天，我像在一支雄伟而瑰丽的交响乐中飞翔。我在海洋上远航过，我在天空中飞行过，但在我们的母亲河流长江上，第一次，为这样一种大自然的伟力所吸引了。"

朋友，倘若你要写作，而且下定决心要写好，我送你两个字：热爱。朋友，倘若你还要问：写作的灵感从哪里来？我还是送你两个字：热爱。朋友，如果要说怎样才能化腐朽为神奇？我还是这样回答：热爱。热爱是打开写作艺术灵感之泉的密码。

喻说读书和写作

　　做个不大恰切的比喻，读书是静，写作是动；久静思动，久动思静，自然常理；亦可这样比喻，读书是吸收，写作是释放；吸收总有满溢之时，释放也有枯竭之日；故收收放放，放放收收，方有运动之生机。
　　故读书不宜太久，久坐不动，肢体都要僵化，何况思想？故写作亦不能太久，太久则要透支，何况要让笔生波澜，辞如江海，焉能获得？
　　读书如餐饮，光吃荤菜，不吃素菜，肠胃也要闹病；写作如做厨，既要懂得荤素搭配，也要懂得调味，故能得大众喜爱。
　　调养胃口的做法是不能常吃某一种食物，就像鸡鸭鱼肉再好，倘若每天都吃，恐怕也要生厌；读书写作亦是，适当变换变换，以调节胃口。
　　胃气的培养以饿为法，读书写作亦如此，适当地离开书案，到再读书时则有一种鲸吞海喝的感觉，效果特佳；而写作也是，久不动笔，再到动笔之时，将会有一种澜翻浪涌，吞云吐雾之感，韩潮苏海，这样的体会亦当会有。
　　读书是逛别人的园子，欣赏别人种的是玫瑰，还是芍药；写作是经营自己的园子，考虑是适合种小麦，还是水稻。

倘若有一种读书是只欣赏别人的园子，而自己不动手脚，那就是一个懒惰的农夫；不久，自己的园子也会长满荒草。

倘若有一种写作是把别人的玫瑰，芍药种子拿来，种植在自己的园子里，那说到底还是别人的园子。

既然经营自己的园子，那就要因地制宜，量体裁衣，根据自己园子的实际情况考虑是种大豆，还是小麦，或者是花卉。

自己的园子自己经营，多方借鉴，发扬自己的特色，才是根本；多方借鉴，不妨看作给自己的园子上肥，倘若自己的园子瘠贫不堪，哪能长出参天大树？

有字之书要读，无字之书也要读；正如一个健康的孩子，要想精神充足，气血饱满，耳聪目明，反应灵敏，肢体矫健，就必须吃五谷杂粮，果蔬肉品。除此之外，还要让他走出书房，经历风浪，在大江大浪里成长。

一流的读书者把读书作为初次学步的拐杖，一到走稳了步子，就要扔掉拐杖，自己走自己的路，不用别人搀扶。二流或三流的读书者总是走不出别人的圈子，有的扔不掉拐杖，有的甚至是只在别人的磁场里兜圈子，成了一头被蒙着眼睛拉磨的蠢驴。

写作要学会抒情，抒情之前在于酝酿，酝酿如酿酒，酿酒必以诸诗为原材料，故读书莫不先从读诗入手，以奋张想象之翼，补充情感之血液。

情为文之本之根，则文不用华丽辞藻亦能动人；倘若为文以造情，就如无病以呻吟，纵使辞藻华丽，亦如东施效颦一样，丑态百出。所谓有感而发，诸多体裁，都离不开"真情"一词。

读书要观经典，就如人生登山就要登大山一样，长见识，宽心胸，增体强身，骨骼发达。打铁还要自身硬，有雄厚之声自然有雄厚之文，发纤弱之音必定是纤弱之文。自古文若其人，概莫能外。

读书和写作，说到底，就如飞鸟之两翼，成功的人生就是学会读书，学会写作；在读书中懂得做人之道，在写作中体察人性之冷暖，锤炼个人之品格。

古人之三不朽，立德，立功，立言。倘要做到，必得认真读书，认真写作，认真做人，舍此无他。

视野决定品位

每个人都像鸟儿一样有自己驰骋的天空,有的飞得高,飞得远;有的飞得低,飞得近。飞得高,飞得远者,视野开阔,抱负远大;飞得低,飞得近者,视野狭小,目光如豆。当然,飞得高,飞得远者,能耐强大,本领高超;飞得低,飞得近者,能耐有限,本领一般。

当然,一个人的能耐和本领也不是天生的,而是在后天不断历练与学习中成长出来的。故欲高飞,须得锤炼目光,树立宏大视野;视野宏大,心胸才能广大;心胸广大,志向才能高远;志向高远,本领才能增长。反之,目光短浅,则心胸狭窄;心胸狭窄,则视野有限;视野有限,则抱负不大;抱负不大,则才力发展有限;才力发展有限,则本领不足;本领不足,则能耐有限;能耐有限,故不能高飞,只能于狭小的空间踟蹰徘徊。

故欲行事做人,增添才能,扩大本领,必得扩大视野,目光高远,抱负宏伟,如此才能格局高远,不因眼前之一城一池之得失而喜忧,不因人事之一荣一辱而欢悲。格局大者,必能伏久,伏久者必高飞。此不亚于卧薪尝胆,韬光养晦,暗蓄实力。故古语云:"不谋全局者,不足以谋一域；不谋万世者，不足以谋一时。"不急不躁，不温不火，内心恒定，思绪渺远，淡定自在，内心藏慧，方能图大弃小。

  器小心窄者，必目光如豆，所谈之物，所言之情，如井底之蛙、蓬草麻雀、乡间老妪一样，唧唧咕咕，婆婆妈妈，尽谈琐碎无聊之事。而视野宏大者，必能扩开眼光，汲取广博知识为我所用，如此则家国之情俱览笔底，诸子百家之智慧，文人墨客之才情，俱能注入心胸，如百川归海，涵养心智。于此指点江山，激扬文字，方能涵纳古今，烛照万古，笔墨之书写，才情之展露，方能卓尔不群。

  一枝一叶俱关民命，一情一怀俱系家国，一得一失俱发肺腑，一言一语俱透真情；其娓娓之语，犹如好友促膝谈心，让人增添见识，增长学问修养；其宏大之言，犹如万里长河，奔泻而来，气势滔滔，不可阻遏；或如天雨散珠，墨花四溅，满眼葱绿，开人心智，悦人眼目，为人受用。观之，令人眼界开阔，如醍醐灌顶，心智苏醒；如菩提开花，让人开窍。

  昔者鲁迅留学东瀛日本，得以接触世界之文学，广开视野，反思民族文化与神魄，以痛定思痛之笔墨，向老大之腐朽之封建专制文化投出锋利之匕首，狠挖封建腐朽文化之糟粕与腐肉，痛砭国民之奴性与软骨。此种气魄无异于刮骨疗毒、猛药治重疾、荡涤万里阴霾之尘埃一样，文采思想真如暗夜闪电，晴空霹雳，振聋发聩，荡人心魄。此种文字真正起到激浊扬清、革故鼎新、醍醐灌顶之作用。现代文学大家林语堂脚踏东西文化评说宇宙文章，目光犀利，文笔精湛，故能于中西文化对比中写出系列发人深省、振聋发聩的《吾国与吾民》《生活的艺术》《苏东坡传》等著述。当代文学大家贾平凹能以慧眼观察山川人世风俗，以出世入世之笔墨游刃有余于庄老、释家文化之笔端，于淡定从容间写出一系列文采斐然的小说、散文，令人赏心悦目，品玩不已。

  故友人友书者，必得择贤者良者为上，以裨益自己，开阔眼界。眼界开阔，方能格局大气，气象峥嵘，于此，才能站高望远，独览天下风景。

与高手过招

　　天地之大，不可以脚步来丈量；海水之巨，不可以斛斗来酌量。故天高任鸟飞，海阔凭鱼跃。

　　人处茫茫尘世间，亦不过大海之一粟，高山之一石，宇宙之一埃。我们常常嘲笑流星之短暂，如闪电顷刻消失，其实与永恒之宇宙相比，人到尘世百年光阴亦不过如过眼烟云而已。

　　然而在这短暂的生命过客中，却有一些声名显赫的人在历史的天空熠熠发光。他们，或以著述闻名于世，或以科技创新永载史册，或以锐意改革变法图强为世人敬仰……其实，细观他们，他们都是业界的巨子，行业里的领军人物，是武侠小说里令人胆战心惊的武林高手。

　　人生短短几十载，不为如之何？不名如之何？故孟德对酒当歌，感叹人生几何？朝露一般的人生，非如草木一样春生秋死，秋死春生，循环往复。人生之旅程，是奔流到大海的百川之水，是一去不复返的黄鹤。故人生没有太多的时间值得滞留，没有太多的时间值得浪费，必须以一往直前的勇气向着最高峰攀登。

"德不孤，必有邻"。人生旅途往往给予了我们与同伴前行的很多机会，命运之神也往往青睐那些有志之士。孔子曰："三人行，必有我师焉；择其善者而从之，其不善者而改之。"荀子云："蓬生麻中，不扶而直；白沙在涅，与之俱黑。"一个人成长发展的环境不能不考虑，因为没有太多的时间让我们去浪费人生，也没有太多的时间让我们的人生成为遗憾。

故"道不同不相为谋。"在理想上，你想成为什么样的人，就有可能成为什么样的人。"哀莫大于心死"，命运之神从来不会赐予任何一个庸碌之辈青云直上的机会，也不会亏待任何一个抱负远大的奋进之士。

故命运是公平的。抛弃你的理想，你永远不会成长为翱翔长空、俯视四海、目光远大的雄鹰，而最终只会沦为一只眼界不过数尺、跳跃于蓬蒿之间、终日寻找充腹之食的麻雀。

故欲高飞者，与高手为伍，与高手过招，向高手学习。须知，人的才华就是在与高手不断过招，与高手不断挑战，向高手不断学习中成长的。如水涨船高一样，只有敢于与高手过招，勇于向高手学习，不断地与高手磨砺，才能最终超越高手，才能最终磨砺好你这把宝剑，让它发出耀眼的光芒。

语文是我成长的土壤

  如果说语文是一棵大树,那么《诗意语文》就是这棵大树上结下的一颗硕果。如果说语文是一缕阳光,那么《诗意语文》就是阳光下自由成长的一棵树苗。如果说语文是天空,那么《诗意语文》就是天空中自由翱翔的一只山鹰。

  是啊,语文的世界是广阔的,是丰富多彩的,是琳琅满目的,是五彩缤纷的。只要你进入语文世界,就像进入了一座文化的宝库。语文的世界是诸子百家,是唐诗宋词,是元明清小说,是鲁郭茅巴老曹,是列夫·托尔斯泰莎士比亚泰戈尔,是《百年孤独》。语文的世界说不完、道不尽。谁说语文是枯燥的乏味的,是不够精彩的,是因为他没有真正领悟语文学习的奥秘。是语文,给我们打开了一个个美妙的世界;是语文,教会了我们如何去求知,如何去审美,如何去做人,如何去奋斗,如何去生存。语文对于我们来说,就是明亮的眼睛,倘若离开了语文,就如同瞎子一样,我们看不到世界的光明。语文对于我们来说,也是土壤;倘若离开了语文,我们就是四处随风飘落的叶子。语文是根,语文是魂,语文是我们成长的土壤。我们人人都是这块土壤上成长的庄稼。热爱语文，你就会茁壮成长；热爱语文，你就会领略到世界的无比美妙。

阅读是我们成长的平台，是通向智慧的桥梁。阅读，让我们走向崇高的境界。生命不止，阅读不止。阅读的意义不仅让我们明白了什么，更重要的是逐渐地改变着我们的灵魂，塑造着我们的灵魂。阅读一本好书，会让我们的灵魂得到启迪，灵魂得到升华；阅读一本坏书，也许会让我们堕落，引导我们走向罪恶的深渊。因此，阅读什么，不可不谨慎。有人把书籍比作"精神食粮"，这个比喻非常恰当。正如好的书籍就是好的精神食粮，坏的书籍就是坏的精神食粮一样，阅读下去的东西如同你吃下去的食物一样，注定都要成为你灵魂的一部分。当然，仅仅阅读，还是不够，还需要思考，思考就是消化，就是吸收。我们要拿来吸收精华，去除糟粕。有的人读书，不思考不辨析，不仅没有学到精华，反而学到糟粕；相反，有的人，思考着，辨析着，吸收的是精华，去除的是糟粕，即便是糟粕，也能从反面得到一种警醒。人的思想的成长，既受生活影响，也受书本影响。生活是一个世界，书本是一个世界。本质上讲，两者并不冲突。因为，书本世界也来自生活。不论哪个世界，都有一个永恒的信念和追求，那就是崇尚道德，崇尚善良，崇尚正义。无论是生活还是书本，我们都应该坚持做人的原则。我们要做驾驭生活和书本的智者，既不向生活妥协，也不向书本妥协。把阅读和生活看作语文学习的一部分，从阅读和生活中，我们提炼精华，塑造自己的人生。

当然，最好的语文学习就是写作。写作是我们生活精细化的一种表现。学习语文如果只知道阅读，而不愿意写作，就容易产生懒惰思维。懒惰思维的表现就是不断地重复别人的思想，缺乏自己独立思考、判断生活的能力。如一个人的成长，跟着别人的思维走，让大人搀扶着，那样，是不会永远独立走路的。而写作，就解决了这个问题。写作，既可以培养我们独立思考生活、思考世界的能力，也可以记下瞬时的思想火花，更能提高我们认识事物的深度。写作，是培养思维辨析能力的最佳途径。阅读，为我们积累了大量的素材、知识，开阔了眼界，提高了文化品位。这为写作产生火花或者思想打下了良好的基础，让我们树立了正确的思想观念。树立了正确的思想观念，我们就有了与错误思想观念做斗争的立场。因此，阅读是我们树立正确思想的武库，也是我们进行思想辨析的一个重要舞台。对于写作而言，阅读既是我们思想的重要源泉，也是我们写作的重要原因。语文学习就是在不断地阅读和写作中深化的。当然，在阅读和写作中所产生的任何有意义的思辨都是有意义的，充满了趣味和生气的。这就是我在《诗意语文》中突出的"读万卷书"的原因。"行万里路"也很重要，写作，不仅仅是对生活的记录，更是对生活的思考。生活本身也是丰富多彩的，大自然的星辰雨露、河流桥梁，季节之间的交替变化，旅途中的名胜古迹等，无不是写作的重要源泉。当然，记录这些丰富多彩的生活不仅仅是描述，更重要的是所寄寓的情感和思想。而这些才是提升自己灵魂，提升个人素养的玄机所在。

  师法书本，师法生活，应该是语文学习的不二法门。

写作，是一种快乐

于我而言，写作是一种快乐。

朋友问起我，写作痛苦不？我说："既然痛苦，那写作干嘛呢？"我写作，是因为我快乐。我从没有因为写作是要发表论文，或者是为了完成上级布置的工作而去硬做。写作，是因为我喜欢。我不仅喜欢文字，更喜欢思维。写作，于我而言，无非是两个考量：一是否有新鲜的东西可写；二是否表达的精致漂亮、好看。没有可写的东西，我决不硬着头皮去写，因为那样写，我不喜欢，自身难受，在这样的情绪下，写的东西质量就可想而知了；有了可写的东西，我常常是下笔千言，但不离题万里，思维畅达而严谨，文辞丰富而妥帖。我喜欢写作，是因为我在快乐写作的良性刺激下，对写作产生了一种积极而快乐的条件反射。我写作，我快乐。

当我积极写作时，我的情绪亢奋，思维舞蹈，想象迸发，情感飞扬。在欢快的写作中，文字飞扬，就像一条打开闸门的河流，在欢快地奔腾。我始终认为，写作是思维的跳舞，越写越灵活，越写越有灵感，越有灵感越想写。表达是一种技巧，而当熟练成为自身的一种技能时，就越能挥洒自如，无所而不能，无往而不胜。写作是这样一种神奇的力量，当你为之快乐，为之感到舒畅时，三天不写你就会难受、憋闷等。而当找到了很好的写作对象时，心中的郁闷就会一扫而光，随着语言的肆意表达，从而感到万分的舒畅。这种快乐是不明其里的人难以感受到的。

　　写作的快乐不仅在于写作的过程，把自己所要倾吐的东西倾吐出来，而且随着写作地深入，仿佛开掘矿藏，好像可写的东西越来越多。当产生这样的感受时，你突然会发现自己的思想发生了一个奇妙的变化，仿佛与天地融为一体。是啊，当谈到"天人合一"的理念时，当没有深入写作介入天地万物时，其实，我们对于"天人合一"理解是多么的肤浅，多么的不得其妙。而只有当你写作时，你才会有一种融入天地之间的神奇，悄然产生"不知庄生是蝴蝶，还是蝴蝶是庄生"的感觉。你才会感到这个世界是多么的美妙，原来万物皆有生命。古人讲"神与物游"，庄子的"逍遥游"，何尝不是追求精神的自由，心灵的解放。而人类追求逍遥自由的境界从来都没有停息，其实真正的自由就是一种能与万物融为一体，而又能超脱万物的一种境界。这种境界就是"庄生晓梦迷蝴蝶"的境界，这应当是写作中至高的快乐，也是写作艺术中追求的至高境界。

　　写作是一种快乐，当然，不仅仅是感性的，更深深的是理性的。写作的快乐，也许正如禅师悟道，写着写着，就悟到了很高的境界。当达到了这种境界，你就会感到生活是多么丰富，人生是多么美好和快乐。这时，我们也许就会摒弃狭隘的见识，怀着善的观念来看待生活。视万物与我为一体，这何尝不是更大的快乐！

不会写作是人生最大的遗憾

　　写作其实和说话一样，对于每个人来说都是非常重要的。打个不恰当地比喻，不会写作就如同不会说话一样，想想不会说话对于一个人来说是多么的难受，因为他有话说不出来，能不憋死人吗？不会说话的人我们称为哑巴，那么不会写作的人呢？虽然不像哑巴那样严重，但是终其一生而言，别人能精彩地走一遭，留下精彩的著作或者诗文，从而被后人记住了姓名和业绩，那是多么的荣光。想想时间淹没了多少已逝者，成千上百万甚至几亿，然而能够被后人记住的人又有几个？

　　当然，能被人们记住的大都是留下文字的人，这再一次证明了会写作的人其实是会说话的人，他们的文字能代替他们说几十年或者几百年或者几千年，而不会写作的人呢？就像埋在黄土下的哑巴一样，永远没有人知道他们的存在，了解他们的幸福与哀伤。

　　当然，人活着不是为了让后人记住自己就去写作，写作其实是把自己的思想认识和智慧文采传递给他们，让后人在文字里接受前人的经验和教训，以此来避免重蹈覆辙。这就是写作的最大意义。

每个人的人生都是丰富多彩的，受人启发的，假如每个人都坚持写作，那么自己人生宝贵的经验和精神财富自然就会让子孙后代牢牢记住，并以此来形成诗书传家的良好作风。

当然，写得好和写得不好是有明显区别的。写得好自然文章生命力持久，流传得广，应用得多，或被编为教材，或被编为考试题，或被翻译为外文等；而写不好呢？自然生命短暂，但是也会在一定的范围流传或者保存，至少会为自己的子孙后代保存流传。这种形式自然会激励子孙后代超越自己的前辈，无疑作为自己生命形式的延续也许会鼓励出一大批有作为的后代。

人生的财富其实有两种形式，一种是物质财富，一种是精神财富。物质财富与精神财富相比，其实是最不安全，也是最容易腐蚀人心的。因此，对于子孙后代而言，与其留下物质财富，远远不如留下精神财富。精神财富的传承不仅不会丢失，而且可以培养出一代代杰出的人才，有利于国家与人民。而丰厚的物质财富不仅容易招致盗贼，而且容易惯坏子孙后代。

物质终究是为人的发展服务的，在人的发展上，写作是开发人生成功的坦途，开辟一条人生迈上至圣至贤的通道。有的人短视，看不到这点，鼠目寸光，唯利是图，不从长远发展着手，仅仅是从当下利益着眼，其不然，往往在错过人生发展培育的黄金时期，以前那些认为很有用的东西其实都不过是敲门砖，很多就扔得无影无踪，到最后，方才感觉最有益于人生的才是学会写作。

这样看来，不会写作和会写作的人比较，会写作的终究是赢家。当然，于当前的教育而言，发展学生的写作能力善莫大焉，功在千秋！我们每一位教育人都应当肩负起这个神圣的责任，不要把眼前的孩子培养成一个不会写作的哑巴，如果真是这样，那就是教育最大的失败与遗憾。

语文学习应重视社会生活实践

语文学习应重视社会生活实践，语文是一门工具课，也是一门实践课。

打个比喻，工具的作用在于不断地使用与磨炼，只有在使用与磨炼中工具才能越用越好，越用越娴熟。语言的运用正是如此。因为，语文学习的本质是使用语言，运用语言。要使语言得到运用的平台，语文就必须立足于生活，在社会生活实践中运用语言，则语文学习的素养越累越高，逐渐达到登堂入室的程度。反之，语言没有运用的平台，则会越放越生，乃至武功尽废。

作家之所以是语言运用的高手，不是上天之赋，而是后天实践。著名作家莫言开始仅仅是小学四年级的文化程度，但不影响他成为大作家。原因何在？社会生活实践使然。积极参加社会生活实践，不仅为作家写作提供了丰富的写作素材，也为作家练笔提供了广阔的天地。莫言从生活入手，不仅热爱生活，也热爱写作。他不断地学习阅读古今中外名著，笔耕不辍，用语言表现生活的水平越来越高。因为他突出的表现，渐渐被提拔为部队宣传干事，这更为他运用语言提供了一个绝妙的机会。除了写通讯、人物采访以外，他更进一步向小说领域进军。慢慢地，他作品发表的平台越来越高，作品的表现力越来越娴熟，直至最后成为语言艺术大师。从莫言的成长之路可以看出，一个人的语文素养的提高，离不开社会生活实践的培育。正像大树与土壤的关系，语文离不开生活，生活就是语文学习的土壤。

  翻开古今中外名著，古今中外名篇散文，哪位运用语言高手的作家离开了生活的土壤？正如古希腊那位英勇无敌的英雄一样，一旦离开大地母亲，他就会失去力量，被敌人撕得粉碎。语文学习也是这样，如果离开社会生活实践，语文就会变成一条风干的藤条，失去葱绿与生命的活力。我先简要梳理一下一些传世的散文名篇：《雨中登泰山》《难老泉》《长江三峡》《赤壁赋》《滕王阁序》等。我们看看，假如作家们没有深入观察体验生活，他们还有这样的妙笔生花吗？他们还会写出这样脍炙人口的名篇佳作吗？答案当然是否定的。没有社会生活的实践，作品就成了无本之木，无水之源。因此，我们的语文学习也是如此，要扎根于生活的土壤，语文之树才会青翠长青。

  我们的生活多么丰富，语言表现的天地就有多么丰富。法国一位著名的作家说过："自然是最好的老师。"言外之意，就是要让我们从书斋走向生活。生活必将为我们的语言表现提供丰富的内容，在生活实践的滋养下，我们必将让语言素养得到一个快速提高的平台。

  走向生活，春天，我们表现草长莺飞、杂花生树的勃勃生机；走向生活，夏天，我们表现蝉噪林静、鸟鸣山幽的境界；走向生活，秋天，我们表现秋草秋叶、秋虫唧唧的动人画面；冬天，我们表现白雪皑皑、山高月小的苍山幽境。生活为我们提供了丰富的素材，丰富的源泉，在生活的滋养下，我们的语文学习之树必将长青。

  学好语文，除了课堂的有效教学，课外大量教学之外，必将离不开一条重要的途径，那就是社会生活实践。每一个人的社会生活实践都是丰富的，具有个性色彩的。因此，珍惜个人的生活实践，写出具有独特色彩的作品来，应该是我们学习语文的一条铁律。

文与道进

　　大凡千古名文，动人心魄，既是艺术美的集粹，又是思想深泉的喷发。

　　一名作家的思致有多深，艺术的表现性就会有多强。一切优美的艺术形式都是作家思想内涵的生动形象呈现。作家融入的道有多深，那么作家的艺术天地就有多广。作家的器识、胸怀俱来自作家生活的广阔背景。作家的生活背景有多广阔，那么作家的器识与艺术表现性就有多广阔。

　　一切艺术的优美性来自作家对所钟情对象的反复仔细体察。作家贵在于能够抛弃一切，忘乎所以地沉醉在所钟情的事物上。物有灵性，自然之神会在与作家神会的一撇一捺中传递悠悠的灵感。灵感是文艺缪斯的神来之笔，当一切欲望退去，缪斯之神降临人间，开始了与作家的对话，作家执掌缪斯之笔，仿佛与神灵进入了广阔的天地，在和他们谈论最有趣的话题。

　　缪斯之神不偏不倚不抛弃任何钟情艺术的作家们。他对于作家的所有会相应地赋予回报。每位作家所得或多或少，或久或短，这都在于作家自身的基础。作家如要保持永久的艺术青春，只有不断地升华自身的生活背景。在学问与知识的了解上要不断地开拓新境。体悟与思考是很重要的利器。缪斯从来都奖赏最聪明的孩子，作家在缪斯面前永远是孩子。他们受缪斯的青睐，受缪斯的赐予。

在广阔的天地间，芸芸众生，他们受宙斯之神的控制，生老病死，贫富贵贱，声名道德，学问修养，均来自他们的个人修行。宙斯之神会让每个人各得其所。每个人的命运都来自冥冥之神的控制。

上天给予聪明人与勤奋人更多的机会，惩罚懒惰与生性愚顽之人。人的寿与夭，这是不可控制的，但是可以通过修行进行调整。天地间有很多的美好，但是有些可得，有些不可得。该来的终来，不该来的争取也不会得到，即使得到，也会在瞬间失去。摒弃一切的争强好胜，一切的恶与罪罚均来自其中。

能够执笔与天地之神对话，这是作家最大的享受，一旦修行到了此中地步，就像步入美妙的人生殿堂。一切的福报与美好均能够在其中产生。爱与美的艺术是永恒之术。爱一切的一切，但不要贪恋权力、美色与金钱。一切的灾难就是从其中产生。愚顽的人执迷不悟，在贪恋中受到了种种惩罚与恶报。这是悲剧人生的源泉。作家秉承艺术之笔揭示人间的苦难与恶报，弘扬善与美的道行引导人间。人间于是多了盛开的艺术之花。这是人间最美的佳酿，胜过了一切的一切。

文无止境

从事文学艺术创作是一个精益求精的过程，所有追求艺术美境的作家都会陶醉于其中并乐于为之。

艺术之所以被称为艺术，必定含有快乐与审美的因素。我不赞成苦吟派，只喜欢浪漫派。从事一种毫无收获与报酬的活动在旁人看来简直是扯淡。然而，却有这样的浑人乐于为之并为之废寝忘食，这是什么原因？除了快乐与精神上的享受以外，恐怕别无什么。当然，有些作品出来之后是有报酬的，但这并不是从事这项工作的初衷。

命运中当自己被艺术之神蛊惑，搭上了这辆永无终点站的艺术之车，恐怕有时自己也已经身不由己，想下来几乎毫无可能。当然，这是走火入魔的一群，还有浅尝辄止的，他们永远到达不了艺术的高峰，到达不了艺术的彼岸。

漫漫征途中，往往剩下不多的圣徒在艰苦跋涉，与其说他们艰苦，不如说他们快乐。写作已经融入他们的骨血，成为毕生的追求。他们还企图蛊惑子弟们沿着自己的朝圣之途继续前进，走自己喜欢的道路。这其中或许有些颖悟的能够实现自己的愿望。比如孔子门徒三千弟子，然而仅仅只有七十二贤人；也比如耶稣门徒，也就那么几人能够沿袭衣钵。

没有一个人生下来就是黄山上的一颗参天云松，每个人最初都是一棵小苗，在风吹日晒下，慢慢成长，慢慢长大，克服诸多困难，经历诸多坎坷，以至于渐渐成熟，扎稳根须，站牢位置，在岁月的砥砺下渐渐形成风骨。

对于挚爱于自己艺术道路的作家们而言，当他们将骨血甚至生命交给至爱的艺术之神时，命运之神也已经选择了他们，给予他们更多的鲜花与掌声，给予他们更多的灵感与奖励。这是公正的待遇，也是公平的回报。漫漫征途，他们会选择自己前进的方向，如同上山，他们选择了前进绝不是后退。

吸收多元文化元素，吸纳山泉雨水滋润，吸收日月精华，他们会像黄山之松让自己成长得更加健壮，更加高大，这是艺术之路的必然。没有一个善于学习、善于思辨的作家们还会在原来的地方打圈子。一份努力，一份回报，在不懈的艺术追求中，他们会改变自身的不足，发扬自己的长处，向着更高更美的艺术殿堂挺进。

读书是他们的必然选择，思考更是他们的利器。一旦注入优秀的灵魂，他们会变得更加丰满，更加健壮。摆脱低层次的文化圈子，向着更高的文化圈子迈进，他们的心灵和思想在不断登高望远。在优秀的群体里面，也许你会看到更多的新奇景观，会感受到更多的艺术气质，会接触到更美的艺术品质。

当然，这必定是水到渠成的事情，不是我欲为之就想为之的事情，当你站定的位置与努力的程度到达一定高度的时候，命运之神让幸运女神打开了所有欢迎你的大门。这时候，彩云环绕，群乐奏响，百鸟欢鸣。但是，不要停止，艺术的天堂之门永远在远处，你还要向前飞翔，探索那至深至妙之境界。

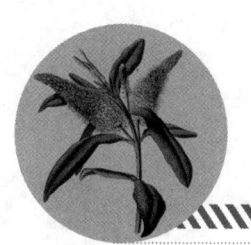

第四辑　品书话史

何为经典？

　　文艺家创造作品，犹如创造一个生命，谁不想让他创造的生命获得长久的生命力，穿透力，辐射力。可惜的是，文艺自有其淘汰的规律，文艺也自有优胜劣汰的法则。这就必然告诫文艺创造者你要想使自己的作品生命力强，流传的久，影响力大，你就必须在艺术创作中追求卓越，无论在内容还是在艺术表现方面都要上升到一个高度和深度，努力体现本民族的风格和时代地域特色，这样的作品才有可能成为经典。

　　因此，具备经典无非要有以下几个特点：

　　一，时间性。时间是一个伟大的鉴别师，它既无情却又最有情，浩瀚史册，茫茫书卷，哪些作品能够获得永恒，哪些作品转瞬即逝，这个不由皇帝老儿说了算，也不由哪位公卿说了算。这个是由时间说了算。时间把那些有生命力的作品已经一次又一次地选择流传在民间，流传在世世代代的学子的书案上，这是它有情。而它的无情就表现在把那些昙花一现的作品残酷的扫到历史的垃圾堆里，让它永不见天日。我们说世间无情却又有情，不是说时间有所偏私，而是时间有所偏爱，它偏爱的是什么样的作品，不是什么样的作品。这自然又要拿作品来说话，而不是拿作者来说话。从这个角度上说，时间又是最公正的，它不会因为作品的作者是皇帝老儿，或是作品的作者是流浪乞儿，就因此而厚此薄彼，重红轻黑。

二，人民性。经典的作品总是能够坚持人民的方向，也就是经典的作品具有宽泛性，受众面广，能够反映人民群众的喜怒哀乐，表现人民群众的生活情感，表现人民群众的追求愿望，无论是跨过茫茫千年，还是时至今日，经典作品任何时候阅读起来几乎都能引起人们的共鸣，激荡人们的情感，引发人们的深思。它就这样深深地扎根在人民群众的土壤里，为他们服务，为他们抒情，为他们呐喊，为他们秉笔直书。

三，时代性。经典的作品不规避时代气息，或者说经典的作品简直是时代的雨晴表，是时代的思潮和情绪的综合反应，是对时代特点高度地概括和抽象。经典的作品就是这样，历经多少年后，人们仍然能从它的作品里看到时代的风云，时代的特点，它的内容契合历史的节奏点，暗合历史的节拍，具有反映历史特点的历史价值。它虽不是历史，但胜过历史；或者可以说，它是对历史进行生动解说的图表和画卷。

四，地域性。经典一诞生天生的就扎根在一个鲜明的区域里。它忠实地表现这个区域的人们的生活面貌，生存状态，生活情绪，生活追求，既有鲜明的政治色彩，鲜明的时代印记，又有普通百姓所崇尚的风物人情，迎来送往。地域性体现民族性，一方水土养一方人，经典就在于写出了"这个"，而不是"那个"，越"典型"越有民族风格。于是，反映民族风格的地域性也逐渐成为经典的标志。

五，思想性。思想性体现作品的厚度和深度，大凡经典性的作品都有振聋发聩的深度和高度，它如惊雷长电，划过茫茫的黑夜，让人们从昏睡中清醒过来，让人们为之惊愕，赞叹。由于具有深度和厚度，因此经典性的作品往往穿越历史的迷雾，剥离出历史的真相，反映出生活潜藏着的人们习以为常的真理。思想性具有高度的概括性和总结性，它是诗的哲学，哲学的诗。

六，艺术性。艺术性涉及作者的才情，学识，艺术修养，艺术风格，艺术技巧，凸显的是作者的思想和情绪，而作者的艺术情绪又往往是高度地体现了更多受众者的思想情绪，能够引发更多人的共鸣与思考，能够激越更多人的向往和追求。因此，看似经典的作者的艺术效果好，表达才情高，实在是他能道人所不能道，发掘出人欲言言又止的真理。

总之，经典的作品能跨越时间的障碍，空间的藩篱，无论何时何地，它总能写出一种陈子昂诗句里描绘的"前不见古人，后不见来者。念天地之悠悠，独怆然而涕下"的感情。

纸质阅读，还有意义吗？

有些人说："现在的阅读都在手机上，谁还看书呢？"针对这种言论，我想不是一个人的观点，而是相当一部分人的观点。纸质阅读，真的还有意义吗？答曰：有，不仅有，而且随着经济水平的发展更不能忽视。为什么呢？有些人恐怕会百思不得其解，手机阅读既方便又实惠，这种不花钱的免费午餐哪里会有呢？既然这种观点有一定的市场，那么就一定有它的合理性。我们不能说人家的观点一定错误，因为我们自己也在充分地利用这一现代便捷阅读工具。既然如此，那么，纸质阅读还有必要吗？答曰："有，不仅有，而且意义非同寻常。"何以见得呢？

首先我先谈自己的一点阅读感受。我是伴随着书成长的，因此，在阅读上对书有一种特别亲切的感情。这种感情呢，也许正是像诗文里所描写的"书卷多情似故人，晨昏忧乐每相亲"那样。那种晨晚手捧一卷的感觉实在太美好了。在这里，书，不仅仅是文化知识的载体，更是一种灵魂与灵魂的对接。书，成为你的挚友，成为你的良师，更成为你灵魂成长的阶梯。前苏联作家高尔基说过："书是人类进步的阶梯。"因为一本书或一份杂志或一张报纸，它们的创办都是有自己鲜明特点的，包含着一定的思想内涵和意义。它看似不言语，但是在主办者的眼里它们都承载着自己的思想和追求。这种思想和追求在潜移默化中就会渐渐形成一种倾向性或体系性的思想。如果你坚持读每一方面的书或者订阅每一份期刊或报纸，日积月累肯定会对你产生深刻的影响，就像吃什么样的食物就会获得什么样的营养一样，读什么样的刊物就会成为什么样的人。这是书本阅读与手机阅读本质不同的最重要的一点。也就是说，书本阅读有一定的倾向性或体系性，而手机阅读则比较随意一点，即使是自己感兴趣的内容也难以像书本或期刊那样成体系。

另外一点呢，就是纸质刊物一般追求精品化意识，相对于手机信息的泛滥与粗糙，两者提供的阅读质量肯定是不能同日而语的。当前，阅读上存在一定的劣币驱良币现象，相当一部分读者不说不读经典名著，就连一些出版的报刊也不读。阅读手机信息几乎成了人生的全部。要知道，阅读是一种生命的消耗。当你经常沉浸在劣质阅读环境里，无疑是对生命的一种浪费，对精神的一种消磨。当然，手机阅读也有精品，纸质阅读也有劣质，这个不能排除。关键就在于你的选择。倘若要学习、考学、做学问等，我劝你一定不要离开纸质阅读。因为纸质媒体发表、出版的门槛比较高，一般稿子都要在相对专业化的主编和编辑手里经过，受纸媒发表的有限版面和出版费用影响，任何一个刊物的主编一般都会在审稿上严格把关。因为他的产品要拿到市场上，要受到专家和内行人的品评和检验。当然，更离不开广大读者的检验。

我们通常会听到一个词"白纸黑字"，当然一般出现这样的词都不是好事情，但也从另一个方面说明了纸质印刷的重要性。倘若一本书或一份杂志或报纸勘误百出，那这"白纸黑字"上摆着的东西你能避过吗？不光专家、内行不答应，就连普通读者都不会买你的账。那么，你的刊物如何服人？还有生存的价值吗？显然，对于"白纸黑字"上的东西，主编和编辑是会慎之又慎的。而对于手机阅读而言，由于处于自媒体时代，只要不发表反动言论或者其他言论，谁都可以发表作品，这也就充分说明了发表的门槛相当的低。就拿文学作品来说，只要没有前面所提到的内容，那么，那些海量般的作品思想性和艺术性如何呢？我想肯定难以保证了。当然，现代大部分人手机阅读都是出于消遣或打发闲暇时光，不是用来学习的，而是玩的；或用以了解朋友资讯或了解时事新闻或传递消息等。而真正把手机阅读作为学习的恐怕真的不多。当然，我们不能以偏概全全盘否定手机阅读的功能，手机阅读也不乏精品，而且也可以帮我们上百度查阅资料查阅名篇试题答案等，这些都无可厚非。然而和书本阅读来比，书本阅读还是精品多，权威性更强。

第三，纸质阅读的存在感比较强，一张报纸或一份杂志或一本书读完了，放在书柜或床头，可以时时翻阅，也可以用笔圈点勾画等，并且阅读时所产生的点点滴滴感受，如或喜悦或伤心或愤怒等也会时时刻刻泛上心头，让你百感交集。而手机阅读呢？往往都是一闪而过，那种刷屏式的感觉总让人有种虚空的感觉。而作为书的那一种书卷气、油墨的书香味从哪里找呢？倘若你是一名文学爱好者，把自己喜爱的作家作品或者文学期刊或文学报纸收藏起来，岂不是可以时时阅读，时时品味吗？当然，也有同道者会说，这些手机阅读也可以做到。但是每一个人阅读的目的都不会是为了阅读，也许每一个爱好阅读的人总有一个文学梦或者作家梦吧！他们通过阅读的桥梁可能不仅仅是为了提高自己，也许还有一个铅字梦。试想想，当自己的文章被某刊物或者报纸发表的感觉和发表在手机上的感觉一样吗？当然不一样，也许有人嗤之以鼻，但是当你在汇报年度成果或者申报职称时或者参与文学评奖时，发表在刊物和手机上的能一样吗？答案显然不言而喻。刊物的物质呈现特点就最具有说服力。这也就是相当多的写作者还是非常向往把文章发表在纸媒上的原因，即使是那些吃不上葡萄说葡萄酸的作者。更何况相信"白纸黑字"的群众呢？

　　从这些方面来看，纸质阅读，意义仍然非常大，尤其是在经济文化高度发展的今天，我们不仅需要物质食粮，而且更需要高质量的精神食粮。而这些，就是纸质阅读所必须承担的责任了。因为纸质阅读，不仅仅要提供高质量的精神食粮，还要担负培养高质量作者的重任。因为，文化的重要传承和发展乃至创造都是需要一些高素质的作家才能完成和实现的。

吸纳与倾吐

阅读是吸纳，写作是倾吐。阅读与写作的关系犹如车的两轮，鸟的两翼。倘若想让车子跑得远，鸟儿飞得高，那么一定离不开阅读与写作这两个轮胎、两个翅膀的配合。读书可以使人成才，使人视野开阔，思想深邃，但是这还不算是成功的读书者。成功的读书者必定会思考，会思想，会运用已有的知识分析现实，继而形成自己的思想和认识。

孔子说过："学而不思则罔，思而不学则殆。"读书，倘若只知一味地读书吸纳，而不加以思考倾吐，就会受到一定的限制和束缚，难以跳出已有知识的局限性。马克思哲学讲过：真理是相对的，不是绝对的。世界上没有一成不变的真理，也没有永远停止不前的学说。犹如儒学的发展，自孔子创立，到七十二贤人的继承，再到孟子、荀子、董仲舒、朱熹等人的进一步发展，才使儒学体系在不断地继承和完善，继而成为一大学派。世界上所有的学说大都是如此，没有阅读吸收，就没有继承和发展；没有思考倾吐，就没有发展和完善。

阅读是丰富我们头脑的基础，凡擅于阅读者必定要打破门户的界限，博采众长，这样才能开阔我们的视野，砥砺我们的思想，从而使我们能够扬长避短，吸收精华，摒弃糟粕。阅读视野的开阔和广泛，有助于我们多角度的思考问题，建立多元化的文化视野。这样，我们看待问题的角度和思路会更加灵活，不容易受到有些知识的局限和束缚。但是这样还不够，阅读吸纳只是认识生活、了解生活的一个方面；倘若要全面地认识生活、了解生活，还必须跳出书本，深入生活，这样才能增进我们对于书本知识的思考和理解。加之，生活是丰富多彩的，也是变化无穷的，生活中蕴含着无限丰富的知识矿藏，但是这些都需要我们去努力挖掘，努力开采。因此，要走出书本知识，增进书本知识的不足，或者说进一步完善书本知识，发展书本知识，就需要我们的思考和倾吐。

  写作倾吐，换一句话说，就是一种高级的阅读方式。写作倾吐，必然要产生一种倾吐的情绪和欲望。而产生倾吐情绪和欲望的源头无非是阅读。阅读可以是阅读书本，也可以是阅读生活。书本有正确的认识，也有错误的认识；生活，有其真实的一面，也有虚假的一面。阅读书本和生活的好处就在于两者可以互相参照，互相验证，互相检验。生活为我们提供了鲜活的素材和丰富可行的经验，而书本也给我们提供了前人可贵的思想和经验，有着对于生活的高度概括和总结。由于时代的发展，地域的不同，民族文化的差异，所以任何书本知识都不是万能的灵丹妙药，它的运用还有待于生活的检验。而丰富的现实的生活素材则为我们提供了书本上所没有的知识和经验、思想和理论，它是我们开采和挖掘的丰富的矿藏和取之不尽用之不竭的资源。

  因此，作为一个成功的读书者，除了广泛的阅读、开阔视野、加强内储外，还必须学会写作倾吐。因为写作倾吐才是一种更高级的阅读，它有助于我们加深对于生活的理解，对宇宙真理的掌握，更能丰富和完善书本知识的不足，以便更好地指导我们的现实生活和未来，从而为我们的现实社会创造更新鲜的，更美好的，更有时代色彩的精神文明和文化财富。读书"入乎其中",写作"出乎其外";读书是"六经注我",写作是"我注六经",两者皆要兼顾。作为一名成功的读书者不能不引起深思和反省啊!因为我们不能做只会走路的书橱,也不能做只会搬运知识的蚂蚁,我们要做蜜蜂,采得百花,酿成甘甜的蜂蜜来。

知识改变命运

对于书，我始终有着一种敬畏感情。小时候，父亲爱看书，母亲也爱看书，这就给我们形成了潜移默化的影响。一有书，我们也拿起来看。父亲的书箱里存了好多书，哲学类、心理学类等，书目比较杂，但是我不管能不能看懂，适不适合自己看，总是一有功夫就拿起来看。这样，小时候就杂七杂八的给头脑里装下了各门学问。对于能看懂的，我至今想起来都有很清晰的印象。

由于小时候养成了爱好读书的习惯，而且大有陶渊明好读书不求甚解的意味，因此，我如果一天不读书，内心里就感到发慌，好像今天有一件什么重要的事情没有做一样。于是，读书就成了我每天的习惯。宋朝的黄山谷说过："一日不读书，便觉语言无味，面目可憎。"小时候我并不懂得这个道理，只是觉得每天读了书后有一种踏实的感觉。长大以后，方才理解了诗人黄庭坚的话的意思。读书确实是一件高雅的事情，要使自己洗去那一种庸俗味，就必须要每天坚持读书。因为读书对于人的性情有陶冶作用，而且可以丰盈人的心灵。

说到读书，当然不能仅限于读那些升学考试的书，于书而言，我认为应该读那些自己喜欢的有助于陶冶心灵的好书。这样，读书就是一件很高雅的事情，它真的可以使人的心灵变得纯洁起来，高尚起来。久而久之，也就会渐渐地影响我们的言行举止，甚至性格特点。从平常的人际交往中，我们总能看到喜爱读书的人都是有修养的，我们只要和他交谈几句，就可以领略到那一种读书人应具备的儒雅的魅力。

当然，作为升学考试的书本自然不能不读，读，而且还要读好。因为，这些书关系到了自己的命运前途。读好了，往往可以改变自己的命运。因为现代社会就业的基础首先应该有文凭。我是经历了几次大的考试，依我个人的读书经历，本身就充分地说明了知识改变命运的事实。相反地，对于没有多大变化的人而言，也许有着很多的理由，但是有一点是共同的，就是他们没有坚持读书的习惯。从我个人的读书经历来看，只要你喜欢读书，一定能够从书本中汲取很多有益的养料，这些养料就会形成你继续前进的动力。

如果你坚持读书的话，也会使你成为一个真正的知识分子。你的思想始终是新鲜的，甚至是超前的，而且能够对一些问题有一定敏锐性的预见。我很佩服陈忠实《白鹿原》笔下塑造的朱先生形象。朱先生就是一位善于读书、喜欢读书的知识分子。在他那里，人们总是能够获得很多很多的益处。可见，知识就是力量，知识可以改变命运。当然，对于喜欢读书、乐于读书的人而言，即使现在拥有了知识、拥有了工作等，他们也不会满足于现状，他们会继续努力读书，乃至从读书的好习惯上做出更大的成绩。

生命不止，读书不辍，是我追求的目标。然而于一些人而言，在取得一定的学历、得到一份工作之后，就往往沉溺于生活中一些平常的琐碎事情上，或者是热衷于人际交往，或者是沉溺于麻将桌牌，或者是迷恋于网络游戏等，以此来消磨人生，其最后往往就把自己的那一份才气，那一份聪明才智消磨得干干净净了。因此，要想使自己保持当初的本色，就必须保持读书的好习惯，有了这个好习惯，自己的才气就会加强，自己的聪明才智就会大力发扬，如虎添翼，从而使自己的人生更加精彩，工作事业锦上添花。

读《老子》

　　印象最深的自主读书是在上师范的时候，每当上街，我都要去书店逛逛，而每次逛书店回来，总要破费购买一两本喜欢的读书。《老子》一书就是在我上师范时期逛街购买的一本书。这本书薄薄的，雅致的装帧，上面绘有古松老翁形象，大概是编者的想象之境。

　　《老子》是老子所著，大概是春秋时期，距今已经有两千多年的历史。虽时隔两千多年，但老子的思想依然鲜活，而且受到广大人们地喜欢。可见，一个作者是否有影响力，倒不在于著作有多么丰厚，而是要看著作是否有影响力。《老子》的影响力是深远的。其后形成的道教，奉老子为鼻祖。随后的道教逐渐发展，建立道观，多藏于山水深处，远离人间，故让人感觉有点神秘，信奉道教的信徒把老子奉行为神。大凡修道教的人都要遁入道门，如同佛教一样，要脱离红尘。我看这是对《老子》的异读。《老子》一书论述的其实是关于哲学、政治、为人、处世的一些大道理，并没有脱离人类社会的任何生活领域。他的思想反而对人们的生活和思想行为有所指导，有所训诫。

《老子》哲学是有用于当世的学问。可是，总有一些人要逃遁人世、藏匿山林以来修道。其实，对于老子思想的掌握和理解，何必要到空门呢？在现实生活中，不是同样可以来参悟吗？作为一门哲学，能存在两千多年，就充分说明这门哲学具有永恒的生命力。不以强力所迫，出于人们的自愿，更能说明这门哲学的深入人心。在中国封建历史上，曾经出现过"焚书坑儒""独尊儒术，罢黜百家"的历史现象，但在这一种强力面前，老子消失了没有，打到了没有？答案自然是：没有。老子依然鲜活着，而且为人们所信奉、继承。在艺术与科学研究方面，我以为，老子的书不可不读；在为国理政方面，我也以为，老子的书不可不读；在为人处世上，我也以为，老子的书不可不读。

　　老子的书具有广泛的适用性，这就是哲学的意义。老子喜欢逆向思维，总能在人们惯性的思维中，从反面提出新见，从而给人启迪，给人启发，让人醒悟。所以，大凡要有所创造，都应该向老子学习。老子的思想不墨守成规，总能辩证看待事物，一分为二，看待事物的两面性。这就是老子的智慧之处。故一个人要想习得智慧，还是多从老子一书中去汲取，去领悟。我年轻时喜欢读《毛选》，发现毛泽东很是喜欢老子的思想，文中引用的地方不少。除了引用之外，当然更多的是，毛泽东也学习老子的辩证法。这也是《毛选》里的智慧，当然，也是值得人们应该常读的哲学经典。

　　老子在养生、治学方面提倡一个"守真"。守真就是要人们精气神"守一"，不能分散、走神等。倘若这样，人就会"元气"充沛，智慧超群。老子的这种思想，当然有他的科学性。其后学庄子继承了他的这一种思想，《庄子》里写了一个捕蝉老人专心致志、乐而忘返的故事，也写了庖丁解牛、游刃有余、目无全牛的故事。这些故事其实是对老子思想的形象化的表述。试想，从事艺术创造或者科学研究，缺乏专心致志的精神行吗？当然不行。"营魄抱一，能无离乎？专气致柔，能如婴儿乎？涤除玄鉴，能无疵乎"？"五色令人目盲；五音令人耳聋；五味令人口爽；驰骋畋猎，令人心发狂；难得之货，令人行妨。是以圣人为腹不为目，故去彼取此"。认真精研这些词句，无疑对于我们的思想是大有好处的。

陈忠实的三句经典名言令我难忘

陈忠实先生作为一代文学大师，他的去世引起了舆论媒体的很大反响，这充分说明了陈忠实先生以其人格和作品魅力在人们心中留下了很好的印象。《白鹿原》作为其一部沉甸甸的作品自然毫无疑问已成经典。近期缅怀追思先生的文章很多，我虽然在先生在世之时没有机会拜访先生，但是先生的一些言论我认为很是经典，古人云"人生三不朽：立功，立德，立言"。前两方面先生为陕西文坛所作出的诸多努力大家有目共睹，恕不赘述。在"立言"方面我认为先生这三句堪称经典：

一、文学这个魔鬼。我认为只有深陷其中的人才能深刻体悟到这句话的深浅，这句话的份量。如果把文学比作一条大河，那么这条河流有多大，有多深，恐怕永远都是一个谜；倘若说这条河流我们还可以找到它的源头，那么它的终点又在哪里，这恐怕无人能够解释清楚。古人云：惟有爱之深，才会恨之切。也许正是这个道理，陈忠实先生站在家乡白鹿原上遥望这条文学的大河，一定是思绪万千，心潮起伏，感慨万千。在人生的几十个年头，为了文学摸滚打爬，不计得失，这其中有成功的喜悦，也有失败的苦辛，个中滋味，惟有他自己才能深切体会得到。把文学比喻为"魔鬼"，既显示出他对文学的爱，又显示出对文学的恨。文学"魔鬼"的诱惑让他欲罢不能，欲进不行。这是一个他与文学"魔鬼"苦恋的一个状态。他有深深的追求，也有深深的失望。从事文学本身就是一个付出性的工作，而得到呢？也许只是一个未知数，谁知道他这辈子为文学所付出的能不能得到一个很满意的结果，答案自然是否定的。然而能让他痴迷于其中不计得失回报的去做这件事，自然就是文学"魔鬼"的诱惑了。为了文学，他痴迷于其中，也许曾经得不到亲人的理解，甚至还会招来别人的嘲笑。因为他没有更多的物质条件去保证他的追求能有一个更加肯定的完美的结局。也许别人的钱袋都在成倍的增长，而他呢！除了能给他精神上带来安慰的文学作品外，他还有什么？然而为了这，他乐于去苦苦煎熬，在文学的大河里他深泅，畅饮，他宁愿喝那呛口的泥水，也不愿泅渡上岸把玩河边的贝壳。殊不知，文学这个"魔鬼"最终也爱上了他，他在与文学这个"魔鬼"的苦恋下终于结出了一个硕大的果实。

二、做一本死后可以做枕头的书。这是很毒的一句话。"言为心声"，这句话足以见得陈忠实先生的见识，胸襟，宏伟志向。一般的作家，满足于虚荣心，满足于畅销量，满足于浅浅的思绪，满足于取悦读者等，然而陈忠实却不是这样，他有自己的追求，那就是作品的厚度和分量。鲜有这样为文学拼命的人，也鲜有为文学这样虔诚的人。要做枕头般的书，一定是让自己满意的作品，慰藉自己一生文学宏愿的作品，而不是随便写写，动辄百万言，好似大文豪实缺毫无一点思想的文字垃圾。为了做死后可以当枕头的书，他煎熬生命，废寝忘食，把笔触和视野伸向厚厚的历史文化隧道，在历史文化隧道里，他如忠实的矿工一样，不分昼夜的要打通这一条百年关中历史文化也是触及中华民族文化之根的作品，为了这部作品，苦苦煎熬，甘愿用二十年的心血去换得它，这是何等的毅力，何等的惊人伟想，犹如夸父逐日，犹如精卫填海，这是一场看不到胜利的马拉松，然而他终于走向了成功，实现了人生的梦想。这一本巨著足以让他在历史文化的长河里站得住脚。

三、文学依然神圣。这又是一句彪炳千秋的话。在文学艺术的殿堂里，什么样的作品能够受到人民群众的欢迎，什么样的作品将被人民群众扫到历史的垃圾堆，这不是由权力决定的，也不是由金钱的多少来决定的。鉴定它价值的唯一标准仍然是文学的含金量，文化的含金量。文学的含金量在于文学艺术手段和文学艺术形象的成功运用和创造，在这个文学画廊里能不能塑造出"这一个"而不是"那一个"的文学形象最为重要。文化含量要能体现出民族文化的共性特点，揭示出这个民族的本质的根在哪里，崇尚什么，反对什么。犹如百川归海一样，最终要回到民族的哲学身上，而不是散乱无序，一盘散沙。文学依然神圣成为人们追求文学精品的灯塔，它树立起了一面旗帜，既是文学评奖的标准，也是文学写作的标准。它势必深入影响中国文学的发展，指引人们在文学的殿堂向"更高，更强，更好"的方向迈进。它引导人们的心灵、净化人们的心灵，在文学的殿堂上不能缺少宗教般的虔诚，否则对文学就是一种亵渎，一种玷污。因为，时间是公正的法官。

善良就是天堂

中华经典名著《韩非子》里两个故事颇有意味。

一个故事讲的是乐羊担任魏国大将攻打中山国，而他的儿子正好在中山国。在劝阻无效的情况下，中山国国君愤怒地烹煮了他的儿子，并设法将肉与汤送给乐羊。乐羊明知是儿子的肉与汤，但为了表明忠心，对着大家边吃边喝，吃完肉喝完汤，还乐呵呵地说"好吃好喝"！消息传到魏文侯耳朵里，魏文侯对大夫堵师赞说："乐羊真是忠心耿耿啊！因为我的原因而吃了儿子的肉，喝了儿子的汤。"大夫堵师赞却反驳道："连他儿子都能吃掉，还有谁不能吃掉？"当乐羊攻夺下中山国后，魏文侯重重地奖赏了他，但却对他的狠毒抱有戒心。

另一个故事讲的是鲁国卿孟孙氏猎取了一只可爱的小鹿，便派下属秦西巴带着小鹿回去。谁知小鹿的母亲发现了，偷偷跟着秦西巴一路啼哭。秦西巴看着母鹿可怜的样子，实在不忍心，把小鹿还给了它母亲。孟孙氏赶到后，索要小鹿。秦西巴只好抱歉地说："我实在不忍心母鹿一路啼哭，便把它还给了母鹿。"孟孙氏听后，大怒道："真是废物！"随即赶走了他。谁知过了三个月，孟孙氏却又托人登门向他致歉，并下重金找他来做儿子的老师。人们都很奇怪，问他"为什么这么做呢"？孟孙氏回答道："秦西巴不忍心伤害小鹿，难道会忍心伤害我的儿子吗？"

故事最后以"巧诈不如拙诚。乐羊以有功见疑，秦西巴以有罪益信"而结束。真是这么回事吗？大概仁者见仁，智者见智。也许魏文侯对乐羊产生戒心不一定是因为乐羊巧诈，可能是大夫堵师赞的提醒让他看到了乐羊人性狠毒的一面。"能把他的儿子吃掉，还有谁不能吃掉"？试想，心如虎狼般狠毒的人谁不畏惧？即便是为自己立下赫赫战功的爱将。相反，与心如菩萨般的善良人相处，大概是人人所愿，人人所爱。即便是对自己犯过错的人，也许因为心肠慈悲的原因反而获得信任，这不仅仅是拙诚的原因。

记得有一句"他人即地狱"的话颇为流行。且不说这句话的背景，但有一点不可否认，如果人人面对一个心怀叵测的恶人，那就无疑面临地狱了。所以，善良就是天堂。和善良的人相处，我们就能感到生活的美好，即使是阴风怒号，浊浪排空，我们内心大概也是光风霁月，一片祥和，犹如天堂。相反地，和邪恶的人相处，即使是阳光明媚，鸟语花香，我们内心大概也是阴云密布，电闪雷鸣，处处充满杀机，犹如地狱。

有一幅《地狱》和《天堂》的油画：《地狱》里的人们围着一口大锅，人人面前都有一把长勺，但个个都饿得骨瘦如柴，犹如骷髅；而《天堂》里的人们呢，同样围着一口大锅，人人面前也都有长勺，但大家却个个红光满面，充满欢乐。原来《天堂》里的每一个人都在用自己的长勺给对方喂饭。画的寓意很深刻，揭示了地狱和天堂的来源：人性的恶与善——是相互嫉妒，袖手旁观，还是相互帮助，相互关爱？

让"他人即地狱"的愤慨消失吧！让我们崇尚善良吧！善良是人性的闪光之处。因为善良，我们可以不计血缘亲疏；因为善良，我们可以不计民族种族；因为善良，我们可以不计国别信仰；因为善良，我们可以不计贫富贵贱；因为善良，天下的人们才会彼此相亲、相爱、相助。

因为：善良就是天堂，邪恶就是地狱。

细节决定成败

西哲有言：读史使人明智。此言不虚。近日读《曹刿论战》一文，对其中一个细节描写深有感触。文章在写到"齐师败绩。公将驰之。刿曰：'未可'"。于是曹刿乃"下视其辙，登轼而望之，曰：'可矣'"。遂逐齐师。

掩卷而思，念念不能忘记的是曹刿在齐军大败而逃时的两个动作，一是"下视辙"，二是"登轼望"。这两个小小的动作其实充分体现了曹刿做大事必着眼于细的思想认识。文章后面解开这个伏笔谜底："夫大国，难测也，惧有伏焉。吾视其辙乱，望其旗靡，故逐之。"

曹刿不愧是一位善于观察思考的军事家，从"辙乱，旗靡"的"乱"和"靡"中观察出敌人确实是仓皇逃窜，而不是预先设伏、诱敌深入的诡计，这才放心让大军追杀，从而获得"长勺之战"的大胜。

《孙子兵法》写到："兵者，国之大事也。死生之地，存亡之道，不可不察也"。"兵者，诡道也""兵不厌诈"等都表现出战场上的复杂性和敌人的狡猾性，倘若不慎重判断决定，也许一场战役就决定了一个国家的命运前途。

记得英史曾记载了国王理查三世失败的真实史实：在1485年的波斯沃斯战役中，国王理查三世因为战前仓促上阵，没有将马夫报告的第四个马掌还缺少一个马蹄钉的问题放在心上，就披挂上阵。结果在他率领士兵们冲锋陷阵时，突然，一只马蹄铁脱落了，战马仰身跌倒在地，国王也被重重地摔了下来。没等他抓住缰绳，那匹受惊的马逃跑了。看到国王倒下，士兵们自顾自的逃命去了。整支军队瞬间就土崩瓦解，最后，敌人趁势反击，俘虏了国王。国王这才意识到那颗钉子的重要性。这场战役国王理查三世丢失了整个英国。

于是便有了英国流传的民谣：失了一颗马蹄钉，丢了一个马蹄铁；丢了一个马蹄铁，折了一匹战马；折了一匹战马，损了一位国王；损了一位国王，输了一场战争；输了一场战争，亡了一个帝国。这个教训和提醒不可谓不深，它让我们读到了举凡大事必成于细，真可谓"细节决定成败"。

道理说起来每个人都懂，可是实际做起事来未必人人都能做到。其实，要做到细，必在于思想的认识到位，一个人倘若对于细理解不深，体悟不够，那么在工作和学习中必定难以做到。细不仅是一种习惯，更是一种智慧。它需要静思默想，需要探源溯流，需要把握事物的客观规律，更需要掌握偶然与必然的客观联系。

倘若从思想上认识到了细的重要意义，那么，在工作和学习上，我们必能做到一丝不苟，不敷衍了事，就像盖高楼大厦一样，只要每一个细节做好了，那么必然是岿然如山，风雨不倒。

保持快乐是前提

记得《世说新语》中有一段《王子猷雪夜访戴》的文章，颇有意味。

据载：王子猷居山阴。夜大雪。眠觉，开室，命酌酒。四望皎然，因起彷徨，咏左思《招隐》诗，忽忆戴安道（东晋隐士）。时戴在剡，即便夜乘小船就之。经宿方至，造门不前而返。人问其故。王曰："吾本乘兴而行，兴尽而返，何必见戴？"这一段文章便是成语"乘兴而来，尽兴而归"的来源。

王子猷雪夜访戴乘兴而行、兴尽而返的故事给我们生动地呈现了魏晋名士不拘一格、风流儒雅的潇洒风度，读后常常令人一笑。我们之所以笑，是因为我们拿世俗的眼光看他，就觉得他的言行举止有点"另类"。按我们一般人的做法，你既然是拜访朋友，那么在忙忙碌碌奔波了一夜后，终于到了朋友家门，那么就应该歇息歇息了吧，至少也应该喝喝茶，或者聊一聊家长里短、故人之情吧。谁知他却是"经宿方至，造门不前而返"，真令人不可思议。

其实王子猷不应该被笑，"笑"的应该是我们，而不是王子猷。王子猷雪夜访戴，乘兴而行，兴尽而返的做法，其实是高明之举，里面蕴藏着他生活的智慧。他的做法悄然地揭示一个道理：不论做什么事情，保持快乐是前提；而一旦失去快乐，就一定是痛苦了。正如伟人们讲的：真理向前一步，就是谬误了。

那么，在生活中我们做到这样的境界了吗？比如，我们下棋，本来是为了娱乐，乘一个兴吧。谁知当我们赢了一盘棋，有了快乐时，却不是乘兴而止，却还想赢下一盘，结果输了。这个时候自己往往心里很不甘，还想赢，结果事情就不是那么令人如意。你想赢，对方也想赢，最后就纠缠在这一块了。结果，输输赢赢，令人很是苦恼。久而久之，就会赢也不罢，输也不罢。有的为之焦虑苦思，深陷其中，不能自拔。其实，回到下棋的开始，原本下棋只是乘兴而已，不为名来，不为利，不为输来，不为赢。谁知到了现在快乐却变成了痛苦，痛苦而不能自拔，成为自己的烦恼，这难道不是真正令人可笑的事情吗？

回想王子猷，那还真是智慧高明的做法：凡事应当尽我兴而已，何必败兴呢？败了兴致，能做好事情吗？辩证法讲："物极必反""焚林而畋，竭泽而渔"的傻事千万不能干啊！

我爱读书

  记得当我喜欢上文学时，即使在农忙的时节我也会把那些报纸散文诗歌什么的揣在兜里，稍有空闲就要看几眼，然后慢慢地品味散文里的意境和诗句里的哲理。有时在家乡的农田里望着一轮即将落山的夕阳，我也许就会忘记劳动的疲乏，心情快乐地把自己品读过的诗句悄悄地朗诵几遍。农忙之余的偷闲学习，给我带来了极大的乐趣。因为每每文字里的精神营养常常使我重新获得百倍的精神力量。这是读书直接让我体验到的精神效果。

  经常性的读书，也使我常常充满了对人生的梦想。大概是文学的力量，我在品读那些优美的散文诗歌时，常常受到滤镜的作者思想的影响以及作品中那些美好情愫的熏陶。这样，我常常对人生充满了乐观的向往，同时也对生活充满了幸福的渴望。因为喜欢文学，这样，无论我的人生是处于低谷还是处于高潮，我都能坦然自若的面对这一切，真正的做到宠辱不惊。

  要说读书对自己的人生有什么样的直接的影响，我说这是肯定有的。

青年时期读的几本小说有时候仍然给自己很大的启示，小说主人公几番苦读拼搏终于使人生柳暗花明，不能说对自己没有启发。由于接触积极健康的小说，因此，在确立人生观的关键时候常常就起到了很大的作用。假如接触的是那些乱七八糟的东西，精神肯定是会受到腐蚀的，这样的感受，我常常是从我的同伴的身上亲眼看到的。有的同伴因为迷上了言情小说早早陷入感情的旋涡而不能自拔，因此早早就失去了上进心和进取心，从此自甘沉沦。还有的同伴也许受到消极文化的影响，经常沉迷于打牌和喝酒，早把当年勤奋苦读的精神丢弃了，过着混一天是一天的日子，不思进取。

现在回顾总结过去，自己切身感受到在人生的青少年时期，接触到的书和良好的爱好对自己今后的人生影响是非常大的。因此对于那些正在成长期间的青少年，我奉劝在读书时一定是要慎重选择，同时要培养自己人生良好健康的趣味。

由于每天都要读书的习惯，即便在旅游或者出差时，我总是不能忘了在包里放一本书的习惯。这样，无论是乘车时还是呆在旅馆里，我都可以以这一本书来打发无聊的时光，而有时也大概因为了这一本书的原因，常常使旅游或出差增色不少。

经常性的读书，让我常常感觉一会儿活在书本里，自己的情感随着作者的思绪纷飞，或飞跃在大漠边关，或婉转在江南小巷；而一会儿却又活在现实之中，看着眼前的花开花落、草荣草枯、日出日落、婚丧嫁娶，体味着人生的另一种况味。读书时间久了，自感心中也有较多的话要说，这样，自己也不自觉地拿起了笔，写着那些前人还没有写过的感受，前人还没有抒发的情感，前人还没有涉及的话题。

我们为什么要学文言文

  文言文是母语之根，是母语之魂，它融入了我们民族的性格与思想。
  "己所不欲，勿施于人"告诉我们处事做人要推己及人，凡事多为别人着想；"德不孤，必有邻"启发我们追求高尚的品德，不会找不到真正的朋友。所谓"燕雀安知鸿鹄之志"，树立远大目标的人必定会找到志同道合的朋友。"三军可夺帅也，匹夫不可夺志也"。"士可杀不可辱。士不可以不弘毅，任重而道远"。告诉我们做人要立场坚定，如山一样坚毅，如松柏一样凌寒而后凋也。责任与担当，是我们永不放弃的信念。
  文言文熔铸了民族情感，只有深入学习，才能领悟民族博大精深的文化，才能树立民族自信心，激发爱国主义情怀。
  当我们咏唱着唐代诗人王昌龄的《从军行》"青海长云暗雪山，孤城遥望玉门关。黄沙百战穿金甲，不破楼兰终不还"的诗句时，当我们咏唱他的《出塞》"秦时明月汉时关，万里长征人未还。但使龙城飞将在，不教胡马度阴山"诗句时，难道我们不能切身感受到诗人的一腔滚烫的爱国心吗？"捐躯赴国难，视死忽如归"正是我们民族在国难当头、民族危亡之际所发出的民族最强音。

　　从历史的河床沉淀下来的经典名句、诗句和成语是文言文的精华之一。它极大地丰富了母语，让母语焕发出夺目的光芒。因此，学好母语务必固本强根，才能达到树高千尺，枝繁叶茂。

　　现代著名作家朱自清先生在其美文《荷塘月色》里引用了梁元帝的《采莲赋》："于是妖童媛女，荡舟心许；鷁首徐回，兼传羽杯；棹将移而藻挂，船欲动而萍开。尔其纤腰束素，迁延顾步；夏始春余，叶嫩花初，恐沾裳而浅笑，畏倾船而敛裾。"又引用了《西洲曲》的美句："采莲南塘秋，莲花过人头；低头弄莲子，莲子清如水。"这两首典雅的诗赋点缀其中，就如在万绿丛中突然冒出了两朵美艳的花朵一样，典雅优美，耐人寻味，真有一番名士美人，谦谦君子的风味了。

　　值得一提的是朱自清不仅以引用诗赋来增添文章之采，更妙的是他把对古典文学的修养融化在他高超的语言表达上。读着文中优美的句子，不能不让人想起古诗《江南》里的描写："江南可采莲，莲叶何田田，鱼戏莲叶间。鱼戏莲叶东，鱼戏莲叶西，鱼戏莲叶南，鱼戏莲叶北"的美妙意境。

　　还是南宋诗人朱熹先生说得好啊：半亩方塘一鉴开，天光云影共徘徊。问渠那得清如许？为有源头活水来。为有源头活水来，这源头活水，岂不是从学习古诗文入手吗？鲁迅先生多次提到我们要"拿来"取其精华，弃其糟粕，是为拿来主义；毛泽东说"古为今用，洋为中用"；在外国尚且研究《黄帝内经》《孙子兵法》《论语》等中国古代典籍的今天，我们作为中国人有何理由不学好古诗文呢？

知识和智慧

倘若要把生物界中的蜜蜂和蚂蚁比较一下，假如提一个问题，在蜜蜂和蚂蚁这两个小动物之间，你最佩服哪一个？我肯定会毫不犹豫地说："我佩服蜜蜂。"也有人可能说："我佩服蚂蚁。"其实无论是佩服蜜蜂还是佩服蚂蚁，那是你自己的权力，没有人挡得住你的自由选择。

但是在这里我却要说说我佩服蜜蜂的原因。在我的眼里，蜜蜂实在是一种有智慧的动物，而蚂蚁却逊色多了。何以见得？蜜蜂和蚂蚁不是都很勤奋的小动物吗？而且它们遵守秩序的特点也何其相似啊！可是，看客，你有没有发现蚂蚁虽然称得上是勤奋了，可是实在是一个不大动脑子的家伙，这样的人佩服它什么呢？你看，蚂蚁的本领不过就是把采集的食物搬来搬去，除了做一个头脑简单的搬运工外，这个家伙也实在不会再生产什么物品了。而蜜蜂就不同了，这个聪明的小动物除了每天勤快地采集花粉以外，回来后这个可爱的家伙就会把采集的花粉制作成甘甜甘甜的蜜糖，你说在这一点上相互比较，谁更令人佩服呢？

我想也不用我赘述，答案不言自明。那么，也会有看客不耐烦地要说，你这样胡拉乱扯究竟是想说什么？我说，你还别急，我正想说说呢！我是想说你究竟是一只会搬运知识的蚂蚁呢，还是一只会运用知识创造的智慧的蜜蜂呢？

说这样的话可能会令人不大高兴，因为没有人爱听不好的话。可是，我悲哀地发现生活中像蚂蚁那样只会搬运知识的人太多了，他们除了搬运，大概还是搬运。譬如吧，你是一名理工学士，却为何不能也不会解决生活中一些简单的电学问题呢？试问，这是多么高深的问题？也许，只要一名善于思考的文科生也能够解决。再譬如吧，你是一名从事文学研究的研究人员，那么，请你给我们分析分析莫言能获得诺贝尔奖的原因，而为什么鲁迅、巴金却没有获得？甚至还有国内像贾平凹、陈忠实这些文学大家为何就不能获得？作为一名工科或者文科的学士，甚至硕士、博士获得的知识应该不少了吧？可是为什么到了解决实际问题的时候却体现不出来呢？

我不是一个忧国忧民的知识分子，也不是一个像范仲淹那样胸怀天下的士大夫，我只是一个普普通通的平民百姓。我有这样的疑惑，是因为我感到悲哀，我之所以悲哀是因为我们生活中有太多那些像蚂蚁一样搬运知识的搬运工，却少了像蜜蜂那样善于创造的智慧者。我们的学校不应该只是知识的加工厂，不应该是每年生产一系列合格的标准的产品模型。我们的学校应该是智慧的思维的加油站，让每一个鲜活的生命在这里都能体现出创造的能量，让每一个生命都能绽放出个性的色彩。

知识终究有限，而智慧却是无穷无尽的。倘若说知识是一缸水，那么这一缸水终究是要舀空的；而智慧却不然，智慧是什么，智慧是就是那一眼看不到底的深泉，有一生二、二生三、三生四、四生五、五生万万，乃至无穷无尽的神奇。

请不要做那些活着像蚂蚁一样不善于动脑思考的只会搬运知识的书呆子，他们除了在学堂里能把教授们贩卖的知识抄写下来背诵下来外，除了获得一个不错的分数，一张文凭外，还有什么？请不要做一个像一台复印机一样的只会复印的蚂蚁。我们的社会需要像蜜蜂那样会创造的人才。

我们上大学，追求的应该是什么？是独立之精神，思考之头脑，完整之人格，健全之体魄。我们的社会需要什么？需要的是善于思考、善于发现的创造型人才，而不是那些空拥有一大堆知识却不会解决实际问题的书橱。

一个伟人说过："一个不会读书思考的民族是没有出路的。"孔子也说过："圣之时也。"意思是能够不唯书本，能够灵活解决问题，并随着时代的发展变化而变化的人才是真正的圣明的人。

让我们拥有知识和智慧吧！让我们像一只勤劳而聪明的蜜蜂一样，能够把采集来的知识的花粉变成智慧的蜜糖。倘若是这样，那么我们的社会岂不是会越来越美好，越来越富有吗？

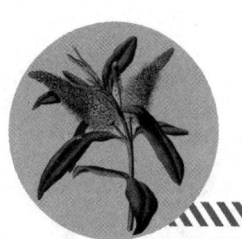

第五辑 惜时雅好

流年似水，生命如虹

近段时间接二连三出现名人陨落，在微信朋友圈里，先是我熟悉的作家红柯，然后是跨隔行业的著名物理学家霍金先生，再就是台湾地区作家李敖，紧接着又是台湾地区诗人洛夫。人生的短暂，常常会让我对着一片落叶发呆，也会对着一树凋零的繁花叹息。

默看着身边昔日的健夫已经渐渐衰老的朱颜，望着那满头的白发和那枯萎的失去了鲜活弹性的皮肤，刹那间一个词汇流过我的脑际："老了""老了"。面对这个词汇，面对曾经鲜活盛开的生命之花，面对曾经绿叶婆娑的一树繁花，我一时有点接受不了。

我曾经细细地端详过西天边美丽的彩虹，也曾经细细打量过东方的一抹朝霞，无论是哪边的，我都会情不自禁地发出赞美之声：美啊，美啊，可是在我一不留神之际，那抹彩虹朝霞就悄然泯灭，消逝之快，让我联想到生命的一刻。是啊，在茫茫的宇宙里，每个人的生命都不过是一抹彩虹，一抹流云。流年似水，生命如虹，是啊，谁也无法挽留虹的长度，那就不妨让虹开得更灿烂一些，更瑰丽一些。

我无法理解那些肆意挥霍的生命，肆意消费的生命。生命本来就短暂，如流云一抹，彩虹一束，那么，何苦要让短暂的生命充满苍白和无聊，何苦要让生命之光黯然失色呢？对于生命这一树繁花，我们能不能在最美的时刻奉献给这一片温厚的大地呢？把它的馨香，它的芳泽播洒在暖暖的人间。

落红不是无情物，化作春泥更护花。是啊，总有那么一些生命虽然短暂，但那短暂的生命却给人间留下了最美的馨香。你仿佛能感觉到他们的芳泽，他们的瑰丽，让人流连往返，让人咀嚼品味。在他们曾经盛开的那些日子里，无论是曾经闪现在东方还是西方，他们都是人间最美的风景。

对于人世间这些最美丽的风景，我们多么希望它们永驻人间。渴望爱，弘扬真善美，是世界人人的祈愿和祝福；憎恶贪婪、自私、伪善，是世界上人人所不屑的内容。

流年似水，生命如虹，祈望每一个鲜活的生命，能够脱离肆意的挥霍，肆意的消费，减少些人生的苍白和黯然，给这个世界带来虹彩般的美丽和回味，让这一片人间的园林远离战争、仇恨、厮杀，让和平的祥光照耀人间，照耀这一片鸟儿欢唱、鱼儿徜徉的美好人间。

因为，流年似水，生命如虹。

敬"待"时间

关于时间的名言很多,仅举几例:世界上最快而又最慢,最长而又最短,最平凡而又最珍贵,最容易被人忽视,而又最令人后悔的就是时间(高尔基);最严重的浪费就是时间的浪费(布封);时间,每天得到的都是二十四小时,可是一天的时间给勤勉的人带来智慧和力量,给懒散的人只留下一片悔恨(鲁迅)。而在诸多关于时间的名言里,我印象最深刻的还是马克思的一句名言:时间是人类发展的巨大空间。

在生活中,我常常遗憾地看到许多人闲散地打牌,打游戏,聊天,看电视,闲逛等;可是一到让写些论文、总结什么的,就总是说"没时间"。当看到别人写出点什么,他就说"你怎么有那么多的时间"。听他的言外之意,他好像总是忙着"工作"一样,别人写点文章就好像"闲着"一样。其实,你只要细细观察,哪一个人一天没有点闲散时间呢?即使是干上国务院总理的事情,要说"挤",时间总是有的。再说现在国家都实行双休日,孩子又少,家务活基本上都是电器化的,哪能没有时间呢?

马克思说过：时间是人类发展的巨大空间。换句话理解：时间也是你个人发展的巨大空间。一个人能不能最大限度地发挥自己的才能，造福社会，造福国家，其实就在于自己能不能最大限度地利用时间，发挥个人的潜力。心理科学证明：每一个人都有无穷的潜力，只是没有充分发挥出来罢了。那么，倘若我们把自己闲散的时间充分利用起来，来从事与自己工作有关的业务，一来既可以提高自己的业务水平，二又可以展现自己的才力，何乐而不为呢？即使就是业余从事与自己业务无关的事情，但只要是高雅的事情，何尝不也是一件快乐之事呢？一个人倘若把闲散的时间用在高雅的事情上，相对地，像那些打牌，打游戏，聊天等消磨时间和消磨人生的事情就会远远地走开。正如一句名言所说："心灵的土地上不长庄稼就长荒草。"只要你从事你喜爱的高雅的事情，就一定会做出连自己都想不到的成绩。

我很佩服北宋文学家欧阳修的"三上"理论："余生平所作文章，多在三上：乃马上，枕上，厕上也。"是啊，对于一个热爱时间，热爱自己喜欢的文学事业的人来说，只要留心，时间总是会有的；而对于要写的东西，只要处处留心，何尝会没有东西可写呢？现代社会是一个信息爆炸、知识多元化的社会，只要打开网络或者电视报刊等，上至国家大事，下至百姓家长里短，可以说是无话不可以说，无事不可以写。出门旅游，所见所闻，所思所感，皆可以纳入笔下，正是古人所言："文章乃案头之山水，山水乃案头之文章。"工作之余，日间所见，皆有新鲜之事情，让人感触之人物，何尝无笔头材料之源？一山一水，一花一草，日出日落，春花秋月，冬雪夏雨，何尝不是文思之来源？生活之丰富多彩本身就为我们提供了取之不尽用之不竭的汨汨源泉，我们何必要为自己的懒惰寻找理由呢？

为了敬"待"时间，我几乎隔离了电视，不上网，不聊天，不打游戏等；为了敬"待"时间，我总是想法设法减掉一些应酬，更不会去坐在麻将桌前消消停停地打牌，也不会跳舞、唱歌、卡拉 OK，在这方面，我甚至于有点古板，跟不上潮流。一有时间，我就坐在房间静静地读读文章，让自己的心情尽量地不受外界影响，然后就是在灵感到来的时候写写自己的思考。这样的习惯形成以后，我基本上能保证三两天写一篇不错的文章，而当自己的文章发在博客上后，相当多的都被报刊媒体发表，这是我没有想到的事情。更想不到自己的文章竟然有二十几篇入选了中、高考语文阅读试题，而我甚至还被《语文周报》作为"中考热点作家"进行了专门报道。敬"待"时间，是我截止到现在所取得的成绩地强烈感受。正是有了这样的感受，我才会在工作中不断地以马克思的名言"时间是人类发展的巨大空间"来教育学生，希望他们抓紧时间，给"个人发展创造一个巨大的空间"。同时，我还要敬告那些把时间一大把一大把挥霍的人，请敬"待"时间，人生最严重的浪费就是时间的浪费。

时间是一座看不见的金矿

　　时间是一座看不见的金矿，善于掘宝者总是满载而归，不善于掘宝者总是两手空空。临终，两手空空者还总是抱怨上天没有赐予自己好运。岂不知他至死都没有明白时间就是一座看不见的金矿。而善于掘进者总是惜时如金，争分夺秒，该读书就读书，该学习就学习，临终，他总会感到自己没有白来这个世界一趟。

　　临终，一个抱怨，一个满足，截然两种相反态度，何以使然？显然，是人们的共同价值观支配决定的。人不同于物，会始终满足于口腹之欲。人过留名，雁过留声，这是人之所趋。古人所谓的"人之将死，其言也善"。没有人不愿给曾经生活过的，曾经留恋过的世界留下一点念想。孟子讲过"人人皆可为尧舜"，就是发扬了人的恻隐之心——善良之心。既然人人都有成圣贤之心，那么何以人与人之间的差异又那么大？这就要去看他们对待时间的态度了。

　　时间是一座看不见的金矿。有人看见了，有人没看见；看见的人默默无闻，只顾埋头读书，做事，向先贤看齐，追求至高的人生境界；看不见的人整日喧喧嚷嚷，争多论少，患得患失，消沉度日，岂不知自己身边有一座宝贵的金矿已被废弃。也许，这其中也有人看见了，但是掘进了一段，就又放弃了。大概是因为在黑茫茫的矿山里看不到何处是出头、何处是归路，乃至信心丧失，不再追求。也许有些是获得了某些暂时的好处，满足于现状，于是也不甘于掘进的孤独，最终也干脆放弃了。当然，还有一些投机取巧的人，一生都在寻求人生成功的捷径，其最后还是落得个两手空空，落得个徒自哀叹。最后就剩下了另外一些人，他们简直就是"愚人"的形象了，在黑暗中前进，在坎坷中摸索，时间的金矿在他们的经营下逐渐显赫。

也许他们孤独过，痛苦过，寂寞过，饮泣过，因为掘进的日子不会是那么风清云淡，正如幼小的蚕蛹在黑暗的茧子里挣扎一样。这样的日子必将难熬，没有更多的人愿意去熬，他们宁愿消磨时间，打牌，喝酒，赌钱，玩游戏等以消磨多余的时间。时间在他们的眼里不值一钱，就像随手都可以扔掉的废纸一样，他们抛弃了时间这座看不见的金矿，却还在抱怨上天没有垂青自己。

时间是一座看不见的金矿，历史和经验让我们发现，只有善于掘进者必将这座看不见的金矿转变成看得见的金矿；时间是一座看不见的金矿，历史和常识告诉我们，只有那些不善于掘进者才会让这座隐形的金矿从人间彻底消失，最终，徒自留下了哀叹和悲伤。

"懒"说

　　我叫"懒","懒惰"的"懒","懒虫"的"懒"。我是由"心"和"赖"组合而成,咱们老先人造字有一个会意法,我就是一个会意字。所谓心里产生了"赖皮""无赖"的思想就是"懒",这是我的心里话。通常你们都太轻视了我的本质,只认为这是小毛病,其实这是一个大问题,大大的问题。我所造成的问题不仅仅是那一点小小的毛病,延伸到社会,一切问题的祸害都是由我造成的。你们大概认为我这是危言耸听,其实不是这样的,这是我的心里话。现在说出来,不妨让你们听听,看看我的危害有多大。

　　先从我的造字法来说,"心""赖"为懒。"赖"是什么?赖就是赖皮,乃至无赖。赖皮、无赖是什么?就是失去了羞耻心的人,什么坏事都敢做的人。先从我的一点小小的表现说起,我属"懒",自然爱睡觉。别人是黎明即起,我是日上三竿才睁眼。别人为了理想,为了前途,为了社会的发展,废寝忘食,焚膏继晷,孜孜不倦。我呢,管他冬夏与春秋,走哪儿说哪儿,就像我睡觉一样,睡到什么时候是什么时候。有人说，现在社会压力这么大，你将来吃什么，穿什么呢？怎么养家糊口呢？我说管它呢？车到山前必有路，船到桥头自然直。我前头不是还有爹娘吗？你想，有了爹娘，吃不穷，穿不穷，怕什么？可有人说：现在靠爹娘，那么爹娘死了咋办哩！我说：爹娘死了有遗产吗？那遗产吃光了咋办哩！我说：咱不是还有其他办法吗？"什么办法"？嘿嘿，这个就不告诉你？"你有什么诀窍，还保密什么呢"？"懒"伸出了"三只手"。"啊，你怎么有三只手？大家不是都是两只手吗"？这你就不明白了。我们三只手的人向来都是"懒"的家族人的共同特点，不然，我们这些人早都饿死了。"难怪我昨天的钱包丢了，我还以为我自己马马虎虎，原来是被你们这些'三只手'的家伙叼去了。你们害得我好苦啊！你可知道那是我十几天风里来、雨里去的辛苦钱，这些钱我还是准备用来给孩子上大学，给父母养老送终准备的。你们这些没有良心的狗东西！怎么这么黑心，盗取了别人的劳动果实呢"？唉，你别骂我们，我们就是"懒"字家族嘛，你想，我们也要生活嘛，不然我们喝西北风去？"你们这些祸国殃民的'懒'家族，我打死你们"！

再说一下我们另一个属性，我们属"懒"，我们还有一个特点是"惰"。"懒"了就"堕"（惰的孪生兄弟）了。这是必然规律。好吃懒做，还想享受，这是我们的特性。于是，我们不光啃老，老没得啃，我们就偷。偷不到，我们就抢。抢不到，我们就骗。骗不到，我们就坑。于是，假冒伪劣产品横行天下，垃圾食品到处流行。地沟油、假鸡蛋、假奶粉、假牛肉等，一切吃穿用行的劣质产品都是我们"懒"的结果。因为我们不想出力，不想吃苦，所以我们不用多大的劲头就可以解决问题。

"难怪社会的问题这么多，原来都是你们这些'懒'家族的人干的活儿。你们怎么不干些正事儿？唉！怎么还有人说一些科技发明都是懒人发明的，这真是为懒人张目。其实错了，要发明科技东西哪一样不需要苦思冥想？哪一样不需要日日夜夜的勤奋钻研？不然世上哪有天上掉馅饼的事情呢？"

"你说的可是真理，哪有懒人发明科技产品的，那还都不是拿懒人幽默吗？你想我们'懒'的什么都不想做，还能发明出什么呢？车尔尼雪夫斯基不是说过'灵感是从不会光顾一个懒汉的'吗？的确是这样，我们懒于思维，懒于动手，我们事事都想依赖别人，还能有什么社会创造呢？说'一些科技发明都是懒人发明的'，那真是骗人的话。说实话，我们这些懒惰的人真是阻碍了社会的发展，我们既给社会创造不出物质财富，也给社会创造不出精神财富。我们真是社会的寄生虫，我们应该洗心革面，向那些勤奋上进，为了国家民族的发展，为了人类的发展做出巨大贡献的人们学习。"

"唉，什么都是懒把人害了！"

工匠精神从我做起

工匠精神是什么？工匠精神就是一种扎扎实实埋头苦干、潜心治学追求精益求精、不达目的誓不罢休的实干精神。

一个国家、一个民族要想屹立于世界民族之林，必然要弘扬这种埋头苦干、精益求精的工匠精神。因为一个国家、民族要强大、要崛起，靠的不是嘴皮子，而是实实在在的工业、农业、军事、经济、教育、科技、文化等实力。一个国家、民族只有在各个方面具备了强大的实力，才能在各种险恶环境中屹立不倒。

既然谈到实力，那么实力从何而来？实力不就是从追求埋头苦干、精益求精的工匠精神而来的吗？只有具备了这种工匠精神，农民才能踏踏实实致力于土地，勤于耕耘，精心种田，科学管理，让土地打出更多的粮食；只有具备了这种工匠精神，教师才能毕生致力于坚守三尺讲台，精心务教，潜心钻研，培育桃李，为国家培养出更多杰出的人才；只有具备了这种工匠精神，作家或学者才能不驰于空想，不骛于虚声，沉身实干，潜心治学，创造出更多更优秀的精神食粮，给予人们精神享受和教益。

依次类推，各行各业皆是如此，弘扬扎扎实实、踏踏实实的工匠精神，科研人员才能拿出引领世界的科技产品，独领风骚；工人才能生产做工细致、耐实、令人佩服的名牌产品；军人才能在真刀真枪的战场中立于不败之地。

俗话说得好："实干兴邦，空谈误国。"历史上没有哪一个强国、优秀民族是把强国梦建立在空中楼阁上的。"二战"中，美国之所以能够很快崛起，就是因为以强大的工业做后盾，这使美国能迅速生产出战场需要的军工物品，以源源不断的武器供应赢得了太平洋战争的胜利。抗日战争中，我们国家之所以被日本鬼子侵略，就是因为我们国家工业落后，科技落后，经济落后，教育、文化等都落后，因此，一个泱泱大国，虽有四万万同胞，然而与日寇也是血战了十四年之久才赢得了最后的胜利。

前事不忘，后事之师。知耻而后勇，一个国家、一个民族只有像宝剑在淬火中才能百折不挠，只有像凤凰在涅槃中才能永生。而一个国家、一个民族要真真正正地崛起，就必须崇尚这种实实在在的工匠精神，在全社会大力弘扬这种实干精神，务必去除那种华而不实、投机取巧、投机钻营、不肯实干的虚浮风气。只有这样，正气才能弘扬，虚浮之气才能消失，埋头苦干、潜心治学、追求精益求精的风气才能回来。正像习近平总书记说的"撸起袖子加油干"。倘若有了这种实实在在的工匠精神，何愁国家不兴、民族不强。

生活如诗

　　生活如诗，生活如画，生活如歌，这话没错。生活的确处处皆有诗意，处处皆有画景，处处皆有歌谣。不论你处于黄土高坡，还是处于秀水江南；不论是漫步林荫大道，还是徜徉月下街道；不论是蜗居斗室埋头读书，还是坐于华屋与友人交谈。只要你留心，处处都有诗意，处处都有风景，处处都有美好的情思，处处都有值得陶醉的地方。

　　生活如诗，不必刻意追寻，诗意不在乎有没有小桥流水，也不在乎有没有黄山奇景。只要你留意，诗意就在我们的身边，就在我们的眼睛里，我们的心灵里。诗意的栖居，是无数人追寻的梦想。其实，不要悲伤地感叹：自己的周围好似缺乏构成诗意的环境。其实大自然是公平的，它不会把所有的美赐予一个地方，也不会把所有的丑集中在一个地方。正如荒凉的西部有粗犷的美，繁华的江南有富丽的美一样。美的形式是丰富多彩的，美的理念也是因时因地而有所不同，正如粗犷给予人的是深刻与深邃，富丽给予人的是温馨与多情。不论是何种形式的美，它都是大自然的高贵的赐予。因此，我们虽然不能选择生活的地域，但是我们却可以选择自己的心境,只要我们保持一颗宁静淡泊的心,我们就会发现,其实我们不论处在何地,大自然和人类的美都是无处不在,无处不存的。

生活如诗,也许不需要涉足高山大川,高山大川固然是一种大美,但是只要我们轻轻地拉开窗帘,抬头一看,天边一道道绚丽的云彩就是最美的风景。也许我们不能嬉戏海边,蔚蓝壮阔的海洋固然值得留恋,但是在寒冷的冬天,当我们看着暖暖的阳光把无限的慈爱和温暖投入到灿烂辉煌的斗室阳台时,此时我们又何尝体验不到一种温馨的诗意。一片森林可以是一道美丽的风景,而阳台上一盆青翠欲滴的吊兰何尝不是一种风景。月迷津渡,雾失楼台固然是江边独特的意境,但是一个月夜,独立于阳台,看着满天清辉洒下无限的银光,这何尝不是一种风景。

诗意不是天生的就在"结庐在人境,而无车马喧"的野外,诗意也不是天生的就在灞桥杨柳,细雨剑阁的迷人意境。诗意只要体会,时时都有,处处都是。一盏孤灯,一本古诗词,一个书生,就是一个很美的意境;风雨中,一把小伞,一位母亲,一个孩子,相扶相依而行,也是一副意境;公园边,两位老人,一个坐在轮椅上,一个轻轻地推着,看着天边的云霞,这何尝不是一副意境;广场上,一群翩翩起舞的女人,跟着快乐的舞曲舒展优美的舞姿,这何尝不是很美的诗,很美的画;冬天,看落叶纷纷,寒风凛冽,这何尝不是别致的冬曲;春天,看大雁飞回,花儿绽放,小草探头,这又何尝不是诗歌;夏天,听鸣蝉阵阵,看夏木阴阴,这又何尝不是风景;秋天,赏枫叶飘红,玉米金黄,这又何尝不是风景。构成风景的要素无处不在,无处不有,只要我们有一双发现的眼睛,有一颗美好的心灵,有一颗淡泊的心灵,有一颗热爱生活的心灵,这美好的诗意何处能不存在呢?

生活如诗,还需要我们忘记生活中的苦恼,忘记生活中的不快,坦然看待生活中的苦恼,生活中的不快。这就要我们树立达观的心情,愉快的心境，坦然对照自己的心灵行为。多作心灵的反思，就能减少来自外界对于心灵的干扰。有时，心境贵在于自造；最大的不安心是自寻烦恼。故，养境贵在养心，心静则万事安宁。保持心静，保持良好的心理状态，于是就会发现，自然是多么的美，人类是多么的美。

于是，一个人，一朵花，一片叶子，一棵树，一条小巷，一条街道，一座古老的建筑，一座风雨中的亭子；另外，还有天边五彩的云霞，冉冉升起的旭日，一轮辉煌的落日；一条河，一座山，一片荒原，一个古堡，一匹马，一把剑，一张琴，一个美人；流动的车辆，五彩缤纷的夜灯，闪耀的星星；风云雾，雷电雨，雪霜冰，虫鸟鱼等，何处不是风景呢？何处没有诗意呢？

只要我们乐于感受，生活处处都是诗歌的海洋，充溢在诗歌的海洋里，我们能不幸福吗？

寻觅"净"境

我喜欢那雨后的天空，一碧如洗的感觉真好。我喜欢那皎洁明亮的月亮，清澈的透明的感觉真好。我喜欢那雨后的山脉，高大清晰轮廓鲜明的感觉真好。这些透明的，明亮的，清晰的，高大的图像忽然投入我的心湖，常常令我愚钝的头脑如醍醐灌顶，令我烦乱的心绪瞬间清澈宁静。它们的介入，仿佛是大自然派来的灵秀仙子，要让我愚拙的心灵忽然明白某种道理。唉，我当然不能断然拒绝它们的启发，也断然不能拒绝它们的好意。

我知道它们是要告诉我一个"净"境的美妙。"净"是一种境界，一种高远，一种豁达，一种超脱，一种淡泊。这种境界一尘不染，这种境界高蹈虚空，这种境界遗世独立。我知道这种境界可遇而不可求，但我仍然苦苦地向往和追求。今夜皎洁的月亮到了明天，也许就没有了今天这么的清澈明亮；明天的山头，也许就模糊不清；明天的天空，将又是什么情况，就连我也无法说清。可是，今天它们却一股脑地把美和纯净都涌现到我的眼前，逼迫我不得不思考这个严肃的话题。

"净"境，是多么好的范格。可是，在我们的生活里有这么一种纯美的境界吗？倘若有，我们一定会把它捧得高高。倘如没有，我们何尝不是每日无时无刻不在追求？——"净"的灵魂，"净"的空气，"净"的氛围，"净"的情感。是啊，只有一个"净"，才能将那些污垢的灵魂洗刷干净，才能将那些私欲膨胀的欲望制止得住，才能将那些猥琐的人格引导到光明正大的轨道。

有"净"境的人，自然心头格外清明纯净，他们能够达观豁达看待一切功名利禄，而不去刻意追求；由于心头的"净"，他们善良而纯朴，真诚而不虚伪，坦率而不矫揉造作，沉静而不欺世盗名；他们心灵纯洁而伟大，遇到危难常常能挺身而出，蹈死而不顾；他们富于同情心，拥有一颗济世利人的爱心，不要说损人利己，即便是看到不公正的事情，他们都会义愤填膺。他们，既有那些世世代代被人们歌颂的英雄，也有那些埋藏于尘世间默默无闻的普通群众。

还有一种有"净"境的人，他们能够潜心于自己所热爱的事业，默默耕耘，潜心钻研，甘愿远离红尘闹市，远离灯红酒绿，埋首于书案，俯首于灯前，静心潜学，热心培育人间桃李。他们以自己的道德文章影响后生诸学，传达人类文明，开启人间智慧。他们以自己无私的劳动同样换来了众生的幸福生活；而他们自己却乐于寂寞，厮守孤独。这样的人，同样也是我们灵魂的一面镜子。

有"净"境的人，上天也不会负于他们。有"净"，上天也会让他们格外优秀，出类拔萃，智慧超群。有"净"，上天会让他们大彻大悟，大智若愚。有"净"，上天也会让他们的道德文章达于先贤，比肩前圣。

"净"，给他们插上神奇的翅膀，飞越三山五岳，凌空江河湖海；"净"，给他们一双慧眼，明亮深邃，使他们能够穿越茫茫暗夜，看清前途光明；"净"，给他们一副神奇的听力，让他们能够聆听世间万物天籁奥秘，洞察人间万象。

先哲说过：五色令人目盲，五音令人耳聋。在当今目迷五色，耳聋五音的浮躁的社会环境下，寻觅"净"境，是多么可贵和不可多得。但愿我们心中都能觅到一份"净"境，那样我们一定变得道德高尚，聪明无比，优秀绝伦；那样，我们的社会将变得更加美好，更加文明。

其实你很幸福

在现实生活中，我们常常看到很多人总感觉自己不幸福，不是抱怨指责，就是牢骚满腹，一经了解，其实他抱怨指责的倒不是生活不下去，或者经济收入一般化，而是无论从什么角度来说都是日子挺滋润的那一种。那么，为什么他们还要成天愁眉苦脸，指责埋怨呢？如果说连他们这样已经收入很稳定，生活情况已经很不错的人家还在喋喋不休的抱怨指责，那么，那些生活在温饱线以下，生活在边远地区，还成天为生活而发愁的贫困人们该怎么办？

因此，幸福不幸福，其实贵在心态。有的人没有工作时，心里巴望着能有一份工作该多好啊！于是，在经历一番努力之后，他终于获得了一份工作；这时，他就会感到自己是多么的幸福啊！可是在找到工作的幸福感满足之后，时间一长，他恐怕又感到自己不幸福了。于是，他又渴望做官。在经历一番努力之后，他又如愿以偿地做上了副主任。这时，他又忽然感到自己很幸福。可是，在仕途的岗位上，日子一久，他忽然又发现自己做的官很小。于是他又急切地渴望做上正主任。然而，在做上正主任时，站立在官场上，他还是感觉自己的官职很小，和那些处级厅级相比简直就没有一点地位。于是，他的不幸福感又来了，这时，他多么的想进入副处级这一级别。然而，生活上的事情并不是事事都能让自己如愿以偿，好似登山一样，越向上走，难度越大，本领大的人越多，竞争对手越强。这能事事如人愿吗？答案自然是否定的。换一句话说吧，即使他又天随人愿，得到了副处级的岗位，但是环视周围，这样级别的人员又比比皆是，同样的他的不幸福感又来了。这种不幸福感不断地产生，好似普希金笔下的《渔夫和金鱼的故事》里的老太婆一样，欲望在不停地升级，最后终于从天上掉到了地上。

普希金的《渔夫和金鱼的故事》的确很好，他通过刻画老太婆的形象写出了人的心态。人的确是一个很复杂的动物，也是一个欲望很强的动物。因为无论在物质追求上，还是精神追求上，人没有满足的时候。因为没有满足的时候，故对于生命个体而言，也就不会有永远的幸福感的时候。故针对人们的这一种心态，老子曾讲："知足常乐。""乐"其实就是一种幸福感的充分表现。而要"乐"的前提就是要"知足"。可是，话虽然是这样说，道理人人皆知，但是人还是不醒悟不知足，不知足故只能自取其辱了。这样的状态就有点像蒲松龄笔下的《崂山道士》一样，人当不能虚心对待自己的成绩时，命运就会给他开很大的玩笑。"文言短篇小说之王"蒲松龄虚构的笔下人物看来就是一个很大的隐喻，它也暗含人们只有虚心，只有低调，只有满足，可能才会有持续不断的幸福的道理。而倘若一旦拥有了幸福就狂妄不止的家伙就只能落下个碰南墙的下场。

因为在智者看来，幸福就在你身边，幸福就在你内心。你拥有什么样的心态，就拥有什么样的幸福。唐代诗人王梵志有几句诗写到："他人骑大马，我独跨驴子。回顾担柴汉，心下较些子。"这不妨可以看作对于知足长乐的形象解读。须知"知足常乐"这样的思想实在是有一个科学的事实支撑：因为人和人之间永远都有差异，智愚美丑贤能不肖，犹如十个指头，不一般齐。人所处的环境都有一个"比上不足，比下有余"的现实；因此只有面对客观现实，自己才能赢得幸福。而不要盲目和别人比较，徒自招致不快。须知，花无百日红，人无千日好。日中则昃，月盈则亏。世间万事万物都有一个此消彼长的发展过程，只要你保持良好心态，拥有诗人鲁藜"老是把自己当成珍珠，就时时有被埋没的痛苦。把自己当成泥土吧！让众人把你踩成一条道路"这样的思想，也许你才能拥有永远的幸福。

"好瘾"与"坏癖"

  中国汉字是一种很有智慧很有趣味的文字，其造字艺术大多都是象形、会意、形声。单说这个"瘾"字，认识者都会毫无疑问指出其造字艺术应该是形声，形旁为病字框，声旁为"隐"音。这个认识毫无疑问，但是除了这个认识外，我还想谈一点个人与众不同的看法。
  这个"瘾"也不妨看作会意字，何故？且听我解释，"瘾"分为两部分，一部分为隐藏的隐，一部分为病字框。可见，古人造字，对于"瘾"字，乃有一种深意的理解，意思大概就是一个人倘若对什么"上瘾"其实就是一种隐藏的疾病。为什么这样说呢？可是现代汉语却不是这样解释这个字义的，翻开现代汉语，"瘾"的解释是指一个人痴迷于某种事物。当然现代汉语对于"瘾"字的解释毫无疑问，而我个人也认为自己的解释也同样没有问题。何故？
  我们不妨看看，当一个人对什么事情"上瘾"，会不会表现出异于常人的表现，而一般人对于这种异于常人的表现行为从任何方面来说都是难以理解的，当难以理解时，人们大都会认为那是"着了魔"或者说是

"神经病"。可见"瘾"字的发明着实与病态有关。而这个病态对于别人来说往往是"旁观者清，当局者迷"。既然"当局者迷"，那么对于当局者来说自然就是一种隐藏的疾病了。当然这和一个人痴迷于某种事物不相冲突，因为它们有交叉的地方。不同的是我个人的解释更能凸显"瘾"字的意义。

我想举身边的例子来说明，有的人非常讲卫生，干什么都爱把手洗干净，当然爱卫生这个并没有错。比如，他或者她从外面回到家里，先洗个手；后来又因为方便了一下，再洗个手；等到自己把屋子扫了一下，想吃个东西，然后又把手洗了一下；等自己吃完东西，又把手洗了一下；然后呢，做饭时，又把手洗了一下；做完饭，又把手洗了一下；等到开车出门，到了办公室，又把手洗了一下；就这样，一天反反复复洗手，可能不下几十下。像这一种现象就基本上称得上"洁癖"了吧！而这还没完，这个人又由"洁手"的习惯扩大到洗澡，而且几乎天天都要洗澡，这个"洁癖症"就应该定型了。为什么，因为当人对什么都产生了不放心恐怕有细菌的感觉，医学上把这一种现象就看作一种疾病，这和我个人在前面的解释就有了重合之处。

但那些患有"洁癖症"的人却往往认为自己没有什么病症，这真是"当局者迷，旁观者清"了。一个人讲卫生"上瘾"到了让别人看起来几乎是一种病态的现象，而他自己却还不知道，难道不是一种隐藏的疾病吗？那么，既然是病，那就要治疗，不然，发展下去，危害不轻。医学发现大凡过于讲究卫生的人，还容易患上各种皮肤病。为什么，频繁的洗澡等行为反而降低了皮肤自身的调节，破坏了皮肤自然生成的免疫力，因而容易患上皮肤病，反而对于身体健康危害不轻。

看来这个"洁瘾"确实要治疗。"瘾"既然是一种疾病，那是不是都要治疗了，这倒不一定。"瘾"也分好坏，倘若犯了像"洁癖"一样的"瘾"那么就非要治疗不可，因为它对人体健康有危害。倘若像打牌上瘾，看色情片上瘾，打游戏上瘾，还有抽烟上瘾、赌博上瘾、跳舞上瘾等，几乎生活中能上瘾的事情比较多，说也说不完，但是诸如以上上瘾的事情恐怕不一定都是什么好事情，一旦上瘾，就有可能危害身心健康，甚至还会让自己走向犯罪道路。因此，对坏事情，无益于工作和事业的上瘾要坚决抵制，自觉增强自己的免疫力，自觉维护高尚的情操和追求高尚的事业。

但生活中还有一种上瘾的事情，这种上瘾不但不危害自己、危害他人，反而还能帮助自己抵制消极趣味的影响，避免落入庸俗的生活情调——这就是对于工作和事业的上瘾，或者说是对高尚情趣的上瘾。譬如，我们不妨看看那些在工作和事业上取得成就的人，哪一个不是对自己所从事的事情达到了上瘾的程度。牛顿演算题能在马车后面的箱盖上算题，阿基米德做几何题能呵斥那些拿着刀的侵略兵不要遮挡了自己的光线，诺贝尔研究炸药在被炸的鲜血直流的时候，还喝着"我成功了，我成功了"，一代文豪郭沫若在灵感来临时竟然趴在地上对"地球，我的母亲"狂呼不已。细心看，这些科学家或者艺术家对自己所从事的工作或者事业痴迷到了上瘾的程度，何尝不是一件好事情呢？

古人讲"痴书者文必工，痴画者艺必良"，正是这个道理。一个人如果对自己所从事的工作或者事业不上瘾，就难以产生出众的成就，也难以做出惊人的业绩。而恰恰相反，假如一个人染上了坏癖，不仅耽误了自己的事业，甚至还会使自己走向犯罪的深渊。因此，"瘾"，有好有坏，好的瘾成就自己，坏的瘾毁灭自己，命运就全在自己掌握中。

人有爱好胜信仰

　　人之处世,各司其职,各守其业,使命不同,追求各异。譬如,儒者好文,侠者好武,道者好山林,与人交往,入乡随俗,顾人感受,在山言山,在水言水,方能和衷共济。况人习主业,亦颇多厌倦。故雅好相随,佐以调节,解乏除疲,兴味怡神。譬如,房屋窗户,透气开眼,可观山林风光,户外美景。此何不为人生一大乐趣。

　　人若无雅好,必染恶习。观今人之习,富贵闲暇有余,雅趣爱好不足。故业余度日,非酗酒赌博即打牌度日。终日之间浑浑噩噩,精神颓废,消磨时光。另一类者非沉迷于网络小说即沉醉于网络电影,终日之间思无所归,行无所止,此亦颓废者也。还有喜好低俗段子者,挖空心思编排噱头,专门供人取乐一笑,而听者以为有才,此亦一种精神颓废形式。玩物丧志,精神颓废,如此环境,教小孩儿好好学习,能有几多说服力?故世风日下,道德沦丧,物质富有,精神贫穷,谁能拯之?有人说:信仰。

　　好,先说一下信仰,信仰是什么?我有信仰吗?你有信仰吗?他有信仰吗？信仰的确是一个很抽象的东西，看不见，摸不着。信仰似乎离我们很远，但又似乎离我们很近。信仰的存在就好像自己在追着天上的月亮一样，你在走，它也在走。信仰其实是一个永远可望而不可及的东西。有人说，人靠信仰活着；也有人说，人靠吃米活着；说这样的话未免都有点不全面。正确的说法应该是人既靠信仰活着，也靠吃米活着。因为人毕竟不同于不食人间烟火的神仙，也不是单靠物质生活的飞禽走兽。人就是人，人是一个既需要物质生活也需要精神生活的高等动物。

对于有信仰的人来说，如佛教徒或者基督教徒，或者是其他教徒吧，我们常常很难看到真正的纯粹主义的信徒来。譬如吧，佛教徒不许杀生吃肉，但是这些清规戒律依然挡不住和尚们吃馋了的嘴，吃荤找女人的照样有。而即使是信奉西方基督教的那些教徒，耶和华教育他们待人友善，可他们偏偏照样跑到他国杀人，掳掠财物。这些都可见无论是释迦牟尼还是上帝，都是靠不住的。这些表面上有信仰的人比起那些没有信仰的人来说，其实没有多少区别。

而真正使人和人有区别的，能够提升人的心灵境界的是什么？是爱好。譬如，数学家华罗庚、陈景润等，他们能够痴迷于数学王国而乐不思蜀；路遥、莫言等沉迷于文学王国而废寝忘食；当然也有历史上痴迷于书法王国的王羲之，他给后人留下一座让人吃惊的墨池。钢琴诗人贝多芬能在失明的情况下创作出动人心扉的千古绝唱《命运交响曲》，而诺贝尔则能在千百遍的实验中忘记被炸的疼痛大呼"我成功了，我成功了"。

试想想，这些在历史上给人类创造出卓越成就的大师，是什么精神能够使他们能够乐于从事他们的事情呢？是为了金钱，抑或是为了名利？倘若是为了这些，那么他们干任何事情不都可以获得金钱或者名利吗？何必要干这些又累又没有尽头的事情呢？显然，他们既不是为了金钱，也不是为了名利，真正让他们为自己所从事的事情做出巨大牺牲的是他们的爱好。

爱好才是他们源源不断的精神动力。爱好使他们超脱了金钱权力名利美色的诱惑，爱好使他们进入了超乎常人的兴奋的工作状态中。也许他们既不是佛教徒，也不是基督徒，然而他们做起自己喜欢的事情，痴迷的程度比起那些有信仰的佛教徒或者基督徒来说，都要痴迷，都要投入，都要更像一个纯粹的佛教徒或者基督徒。

珍视自己的爱好吧，爱惜自己的爱好吧，也许当你找到了自己的爱好时，也会不由自主的沉迷于其中，不能自拔。而你沉迷于其中的滋味，其实也不亚于一个纯粹的虔诚的信徒。

也许你没有信仰，但是，你一定要有爱好，当然还需重申这个爱好一定是正当有益的爱好。因为非正当的爱好让某些人锒铛入狱，陷入罪恶的深渊而不能自拔。譬如，有人嗜赌，其结果常常不是倾家荡产就是家破人亡；有人嗜财，大凡只要能依靠权力鲸吞海喝的地方他都要大捞一把，永远没有满足，而最终的结果也只能落得名声扫地，身败名裂；有人嗜色，不是挥金如土，就是花天酒地，而最终的结果不是损害阳寿，一命呜呼，就是得恶疾而亡，或者不得善终。

可见，这爱好的确要正当，要健康，要有益，倘若我们每个人都能像数学家或者文学家或者书法家或者其他的什么家一样，痴迷于某一项学问，那我们一定也会做出有益于社会有益于人类的伟大事业来。

因为这正是：人有爱好胜信仰。

人生不可缺少的"后花园"

提到人生不可缺少的"后花园",我再一次把目光投向了遥远的地坛。

著名作家史铁生在风华正茂的年龄不幸双腿瘫痪,命运给了他一个沉重的打击,可是在这个沉重的打击下,他并没有就此倒下,而是坚强地走向了人生的新生。在作家走向人生新生的历程中,我们不难看出地坛对于作家心灵的深刻影响。正如他在一篇小说中所写到的:"在人口密聚的城市里,有这样一个宁静的去处,像是上帝的苦心安排。"在散文《我与地坛》中写到:"仿佛这古园就是为了等我,而历尽沧桑在那儿等待了四百多年。"在这里,正是地坛化解了作家心中的苦痛,也正是地坛令作家领悟到了生命存在的道理:"一个人,出生了,这就不再是一个可以辩论的问题,而只是上帝交给他的一个事实;上帝在交给我们这个事实的时候,已经顺便保证了它的结果,所以死是一件不必急于求成的事,死是一个必然会降临的节日。"在地坛的日日夜夜作家终于从沉沦中清醒过来,变得朝气蓬发,信心满满,从此生命之帆扬向了更远的人生征程。

地坛，在这里何尝不是作家人生里的"后花园"。在这座美丽的"后花园"里作家的人生不幸何尝不是得到了安慰，人生的苦恼何尝不是得到了纾解，人生的意义何尝不是得到了启迪。他的生命之帆，并由此迈入一个崭新的阶段，生命的意义也由此得以升华。

也许我们的人生与史铁生相比要幸运得多，然而现代社会生活节奏的加快，城市生活压力的骤增，以及纷繁忙碌的工作事务与家庭不可缺少的责任交相递压，以致常常让我们忙得焦头烂额，身心疲惫。于是，在现实生活身心疲惫的双重困扰下，我们的心灵多么渴求放松再放松。于是，我们是多么需要呼吸一口新鲜的空气，心中多么需要能有一座美丽的花园让自己心灵栖息。然而人生总是不那么尽如人意，无论是职场竞争，还是来自工作中的各种困扰或者是人生中的其他琐事，常常会令人愁眉不展，心绪难宁。

可是即使再如何忙碌的事情或者是令人烦恼的事情，倘若在我们的心灵里都有这么一座人生的"后花园"，那么，即便再有多大的烦扰苦恼，也许都会给我们带来无穷的惬意和舒心。是啊，我们每一个人的人生都不可以缺少这样一座美丽的"后花园"。因为有了它，我们的生命才有了坚实的支柱；有了它，我们苍白的脸色才有了绯红的血色；有了它，我们的心灵之树才会更加绿意勃勃，充满生机和活力。

我是在人生的跌跌撞撞里找到了自己的这么一座"后花园"啊！这座"后花园"它原来是那么简单，但却是那么的丰富；这座"后花园"它不需要多大的排场，只需要几本书，一支笔，一叠纸就够了。这几本书籍，一定是我千淘万漉筛选出来的精品，置于我的案头，放在我的枕边，疲惫之余，轻轻翻阅几页，就一定让我神清气爽，心旷神怡。这座简单的"后花园"，不需要有玫瑰的艳丽、牡丹的娇艳、茉莉花的芳香，就是那一行行美丽的中文文字就足以陶冶我灵魂深处，给我遐想，予我哲思，启我心扉。它是我疲惫时的加油站，是我苦恼时的舒心丸，是我懈怠时的清醒剂。我漫游于它的海洋，呼吸到的是比海风还要清新的空气。攀登于它的山巅，看到的是比峰顶看到的还要美丽的无限风光。

我醉心于它的期间，是夜深人静的笔尖在纸上的快乐游离，是思想浪花在苍白的纸的海洋里的朵朵迸发。有人说，我要以笔为犁，刈去思想的杂质，除去思想的野草。我要说：我要以笔为犁，种下美好的情愫，美好的人性。

而这几本书，一支笔，一叠纸，就足以构成我人生不可缺少的"后花园"啊。

第六辑 修身养性

生活要多一点清洁精神

居室不一定豪华，但必须清雅干净；案头不一定堆玉砌金，但器物必须摆放整齐；衣服不一定要多么华贵，但必须干净怡人。读书不一定要多么广阔，但内容必须精粹可口。生活纷繁芜杂，事情头绪如麻，但我们却必须守住持身的雅好。凡类种种，多不可举。剥茧抽丝，归之为一句话：生活要多一点清洁精神。

有了清洁精神，我们的房屋也许不是多么华美高大，但我们的房屋却可以做到窗明几净，舒适幽雅；有了清洁精神，我们的案头也许不是那么丰富多彩，但是我们的案头却可以做到书香怡人，笔墨生香；有了清洁精神，也许我们的头脑算不上学富五车，胸藏万卷，但持之以恒的守一目标却使我们少却了很多驳杂内容的干扰。

生活要多一点清洁精神，正如我们追求身体的健康，就不能整天大鱼大肉的享用；倘若要使身体健康，就必须节制食欲，适可而止。须知，无所节制的暴饮暴食既是对资源的浪费，也是对身体的戕害。因为人的身体活动需要的能量本是有限的，过多能量的输入自然成为身体的负担，乃至成为垃圾。生活多一点清洁精神，自然我们就能把住病从口入这一道关口，当食则食，不当食则宁可弃之都不能食。食必洁、必鲜，饮必净、必勤。这样健康就被我们牢牢抓在手里。

生活要多一点清洁精神，还必须多听一些批评之音，或是吸取他人之教训。钟不敲不鸣，水不激不流，刀不砺不锋利。人之如此，犹同诸物，懈怠之心常有，故预防之莫若常听批评之言，以他人为镜，莫重蹈覆辙。正如盐撒在伤口上，固然很疼，但是具有杀菌作用。物腐虫生，人腐病生。防腐之法，施之以盐（言），针砭时弊，振聋发聩，方能血脉畅通，筋骨坚强。

生活要多一点清洁精神，正如大自然环境要好、优雅迷人，必得多栽花种草，遍植绿树浓荫。护好花木，保护动物，才得生态平衡，世界清宁。除此之外，还得绿色出行，低碳减排，才能空气清新，神清气爽。否则，就会沙尘骤起，雾霾横行，疾疫流行，戕害万物。

生活要多一点清洁精神，也要政治清明，法制完善，崇尚道德。官员能以身作则，天下为公，主持正义，倡导廉洁。媒体敢做林中啄木鸟，群众敢于揭发不轨行为。那么，商人自然循规蹈矩，依法经营；各类行业能够遵循事物规律，科学发展，如此，方能社会和谐，百姓幸福。否则，就会天怒人怨，物极必反。

生活要多一点清洁精神，就会多一份美好与幸福，愿人人都能尽力为之。

慧从静出

　　每一个人的大脑都是一个核武库，开发与释放大脑的潜能威力无比。上帝是公平的，它不会多给某个人十分才能，也不会吝啬到不给某个人一分才能。只要是正常的人（这里指大脑发育正常），只要你去读书，去思考，安于自己所快意的事情，痴迷于其中，时间一久，你也会成为这个方面的行家里手。

　　一个关键的问题是爱上一件事情，有些人只能持续三分钟的热度，三天打鱼，两天晒网，不长的时间他就会被其他事情所吸引，中途自动放弃了自己所热爱的事情。这样的做法显然是十分有害的，因为你不能静下心来持续地去领悟你所热爱的事情。这样的情形犹如一个人打井，在离地下大约几米之深的地方只要再努力，就有可能掘到第一口甘洌的清泉，然而你放弃了，于是地下随时有可能成为你的甘泉自然就抛弃了你。造化是公平的，你对它付出了，它也会给予你相应的回报；然而当你抛弃了它，它也会选择时机抛弃你。中国古人讲：投之以桃，报之以李。在人与人之间存在这种关系，那么在人与自然之间也是存在这样的关系的。

　　一个人之所以不能静下心来，一个是源自于自己的欲望太多，一个是外面的世界很精彩。这样的例子俯拾皆是。譬如，你正需要上网查阅一下某方面的资料，然后打开网页，一个精彩的网络世界就会扑面而来。浏览网页，诸多新鲜事情精彩纷呈，足以让人眼花缭乱。然而就在你稍微迟疑浏览之际，可能花样迭出的新闻或者明星艳闻就会打断你的思路。于是在自身欲望和外面精彩世界的引诱下，人常常就会不由自主地被吸引，从而打断了自己需要做的事情。这样的体会也许每个人都有，这正说明了人们在克服自我欲望方面和克制有色世界诱惑方面确实都存在着一定的缺陷。

　　殊不知我们的慧性和悟性常常被这样的内在干扰和外在干扰所中断，这样的情形恰如我们面临一滩清冽的池水一样，也许只要目不转睛，池水下面的所有游鱼细石俱可清晰看见。很不幸的是刮来了一阵风，风儿荡起了层层涟漪，于是，水面模糊了，什么都不清晰了。这一阵风，可能是外界刮来的，也有可能是内心世界刮来的。总之，要想看清池水下面的情况，就一定要保持外面世界和内心世界的安静。惟有安静，慧性和悟性才能产生，不招自来。做不到安静，尤其是内心世界的安静，还想期待灵感和悟性的产生，那自然是白日做梦。

　　事实上，我们每一个人都想在事业上做出些成就，没有人愿意默默无闻平平庸庸度过一生。人皆有功名之心，功名之心本没什么过错，因为功名二字往往是对你做出成就的一个折射。因此，客观对待功名，不要看待功名本身的利益，也不要热衷于追求功名的光环。因为成绩就是成绩，就像真的就是真的，假的就是假的，一味地追求，假的也成不了真的，真的也成不了假的一样。我们没有必要自欺欺人，也没有必要受宠若惊。我们冷静看待的是功名背后给自己的付出总有一个实实在在的说法折射，这帮助我们认识到了自己，也使我们更能静下心来从事自己所热爱的事业。

　　世界上的事情往往就很奇怪，求名求利反而常常得不到名，得不到利；不求名，不求利，反而名利争着向自己跑。因此，倘若要做好事情，就把名利之心放下，让内心安静下来，做自己喜欢做的事情，这样方能克制内心的欲望和外面世界的干扰。

　　因为，慧从静中来。

学学古人的优雅

有文化内涵、文化情调的古人总是把日子活得很优雅，很从容，很淡定，故他们做起事情来总是不温不火，不急不躁的。

可在现代，我们与古人的那一份优雅，那一份从容，那一份淡定相比，可就差得远了。我们干什么都是急急忙忙，风风火火，无论买票坐车还是上班总是急急忙忙，催三催四的，好像晚点了，就什么也赶不上了。

每个人似乎屁股后面跟了一批狼撵似的，你不赶着，狼就要吃了你似的。其实有些做法明显都是多余的，可我们总是这样的心态，就像闹饥荒一样，什么时候都要抢先一步，唯恐落后一步大锅里就什么都没有了一样。我把这样的心态归结为国民的焦虑心态。

为什么我们这样焦虑？什么事情不能悠着点儿，慢一点，多出古人的那一份优雅呢？俗话说：慢工出细活。弘扬工匠精神，也需要不急不躁，慢慢打磨，慢慢钻研，方才能把工器做好。写好文艺作品，培养文艺审美细胞，也需要"慢慢走，欣赏啊"！倘若心气浮躁，手忙脚乱，哪里能够打磨出精品工艺呢？哪里能够写出耐人寻味的文艺作品呢？

孔子教育学生，希望在暮春时节带领"童子六七人，浴乎沂，风乎舞雩，咏而归"。多么优雅，多么悠闲，多么自在的一份闲情逸致。教育和做工器一样，需要不急不躁，慢慢培养，而人才的成长也需要慢慢积蓄，逐渐领悟成长。所谓十年树木，百年树人，正是这个道理。毛竹成长的故事恐怕尽人皆知，在它最初的五年里，人们几乎看不到它的发展变化。但是在第六年雨季到来时，毛竹终于钻出地面，而后像施了魔法一样，以每天六十厘米的速度生长，迅速到达三十米的高度。其实，最初的五年，它是以一种不易被人发觉的方式向地下生根，在五年时间伸展出长达几公里的根系。成功需要积累，积蓄实力，急躁不得，虚浮不得。

而我们的老师学生呢？成天都是急急忙忙的样子，像狼在后面撵一样。我们从来没有这样从容自在的风度。我们的做法，貌似如古人一样惜时如金。然而我们并没有把教育做得那样好，钱学森大师的世纪之问似乎还在耳旁萦绕，社会各界对教育的批评之声也不绝于耳，这是什么原因？功利使然，我们的教育功利心太强，总是看着这分数，那分数，看着升学率。我们在急急忙忙中丢掉了品味思考的一环。急躁焦虑的生活方式，决定了我们不会从容不迫的思考，耐下心来做学问，于是就闹出了世纪之末钱学森大师的经典之问。

每每看着孩子纷乱的书桌，我就质问孩子为何不能把各种资料书籍放得整整齐齐，孩子总是焦躁地说"忙"。难道再忙也不能把自己的东西整理整理吗？须知，整理自己的书桌也是培养自己做事有条不紊的一个好习惯。什么资料无用，什么书籍有用，在整理中你也会积极参与思考，到用时总是能方便地找出来。

因此，人生必要的优雅和从容淡定是不可缺少的，它不仅不会浪费你的时间，反而会让你在匆忙中打点自己的思绪，重新整理思维，知道自己怎样做更好，怎样做效果不好。

忙中偷闲，忙中优雅，往往还是人生很好的调剂。我曾经在书店流连，翻阅了清代李渔的《闲情偶寄》一书，感觉古人真正活得优雅。他们品石、赏花、论茶、谈笔墨纸砚等，都说得头头是道，优雅风致至极，无论论诗还是作赋，都有自己的独到见解。琴棋书画对于他们而言，似乎样样精通。而我们现代人呢？匆忙的连读书的时间都没有，真没有吗？不是，原因在于我们内心太焦躁，其实这样的情绪也会传染。

我期望我们的下一代能够克服这个焦躁，活出生活的优雅，活出生活的质量。

君子之交与小人之交

　　小人之交以利，利尽则散；君子之交以义，义薄云天。简单至极之理。然而世人大多昏昏，高智商的头脑常常总显得不如小孩子，于是乎黑白不分，是非不明，香臭颠倒，其结果常常是无缘无故成了冤大头。

　　在世风奢靡追腥逐臭的恶气里，那些权倾一时、炙手可热的人物往往是门庭若市，摩肩接踵，众人如群星捧月一样围绕着他，吹捧着他，谄媚着他，赞美着他。殊不知当他一朝锒铛入狱，坠为阶下囚时，先前那些溜须拍马的，献谄的，媚笑的，低头的，哈腰的，差不多都要说他放的屁都是香的，他说的话句句都是真理，甚至是一字千金的好朋友们，这时却会个个大义灭亲，恨不得活活扒了他的皮，吃了他的肉，抽了他的筋，方才显示自己和他本来就不是一路人，以前只是逢场作戏，看走了眼。

　　好朋友们反水之快、落井下石的速度，恐怕只有在这时他才幡然醒悟。其实，这也怪不得他人之无耻，因为他本身就是个糊涂蛋。当然能够爬到一定位置，论能力论智商不该比谁差，可人就是个贱虫子，得了势，掌了权，往往就不知道自己姓什么了，于是飘飘然，晕晕乎，仿佛老子是天下第一，一字千金，金口玉牙，你们谁还敢反对我，说出个"不"字。权力迷信，个人控制欲上升。于是，顺我者昌，逆我者亡；讨好我者亲，反对我者疏；赞美我者升，远离我者降；逢年过节送礼者官运亨通，见了面连个腰都不低的连降三级。于是乎，君子之行如风，小人之行如草，草随风倒，那些炙手可热者的周围，看似前呼后拥，人叫马嘶的，其实都是些蝇营狗苟之徒，追腥逐臭之辈，恰如苍蝇见腥气一样，有利则来，有害则去。小人之交可见一斑。

而君子之交则不然，君子之交以义相交，不计权大权小，不计位高位低，彼此之间以诚相待，信守正义、忠诚、爱国、爱民，没有为一己之私利黑心，只有为朋友为国家为人民之红心。唯有此，君子之交常常有铮铮之忠言，虽逆耳却坚守人间之大义，存天地之正气。故君子之交尚义，金钱如粪土，仁义值千金；君子之交尚情，绝不会人前一套，背后一套，见人说人话，见鬼说鬼话；也更不会在你落难时落井下石，背后捅刀子。君子之交就是在你坚守正义大道时，它会激励你，鼓励你；在你迷失方向时，它会及时地提醒你，帮助你，挽救你。故君子之交常常肝胆相照，心心相印，心有灵犀一点通。有缘千里来相会，无缘对面不相识。故君子之交重缘，重义，重情，重信，重山川，重日月，重草木。故君子之交不多，君子之交常常成为人间之罕物，稀世之珍宝。

欲君子之交要多，还得从正己正人做起。无论是官是民，先要正己，才能正人；己不正，则人自然不正；己正，则不良之徒远之。大凡想以己之不正而想交正人君子者，少矣！倘若自己吃了小人之亏，先莫要怨责别人，而应当反思查己。这样，交小人者自然少矣！倘若做了官，有了权，日思夜想权为民谋利，情为民所系，不多吃不多占不乱拿，坚守手中的权是人民给的，是国家给的，不是用来谋取一己之私，一己之利的。对于别有用心的谄媚，耳根子不软；对于送礼送物巴结讨好的，坚决抵制批评。这样,小人自然望风而逃。而倘若对于那些敢于直言相告,为国谋利,为民谋利的,若能采用之,则君子之风自然形成。倘若人间君子之交者多,小人之交者少,这样于己有利,于民有利,于国有利,也于世风有利。何不乐哉!

"笑"说

　　常言道："笑一笑，十年少。"笑实在是美容的良方，健康的良药。倘若每天能笑出声来，真的胜过了贵妇每天花费的美容费用，倘若把这些美容费用节省下来还真不知要帮助多少失学儿童呢！可见，笑实在是一种既环保又经济的健康疗方。

　　你常笑吗？你每天笑过吗？请你不要成天绷着个脸。是啊！也许你还在为明天的学业而忧愁，也许你还在为明天的工作而奋斗，也许你还蜗居在城市的某一个街头，可是，你也不要忘记了每天要笑啊！笑是肌肉的放松，是精神的愉悦，是人体的阳光，是欢快的溪流。对了，你听过溪流的流动声吗？"哗哗哗的"，声音美极了，在我看来，那是溪流的欢笑声，那是溪流的歌唱声，那是溪流放松肌肉发出的愉悦的声音。

　　笑，有微笑，有哈哈大笑，有皮笑肉不笑，有冷笑，有苦笑，有讥笑，有嘲笑；关于笑的意义和内容实在太丰富，太多解释，太多涵义。观看卓别林的滑稽表演，发出的笑声是愉悦的笑、发自内心的笑；考试成绩达到了满分，小小成果得到了认定，发出的笑是成功的笑，痛快的笑，舒心的笑。可是还有一种幸灾乐祸的笑，看到别人遭受到灾难，受到的痛苦而发出的笑就是残忍的笑，是漠视他人生命财产把自己的快乐建立在别人痛苦之上的笑。这样的笑就实在脱离了人性的味道，而有点兽性的笑。

而某些场合，笑，实在是带点技术性的活。古代妃子们争宠，有"回眸一笑百媚生，六宫粉黛无颜色"的笑，一笑而令帝王"千百恩爱宠一身"。故有笑靥如花，一笑值千金，一笑倾人国。《红楼梦》中也有那笑面虎般的王熙凤，明是一盆火，暗是一把刀。现代生意场上兴起微笑服务，微笑真是会说话的语言，能让顾客个个乐于解囊，个个乐于消费。而到了官场上，无论大家是真高兴还是假高兴，见了面都好像是春风满面、喜气洋洋的样子。但是当笑挂在那些巨头政治家的脸上时，一边是背后的无情捅刀子，一边是表面的和和气气，这就让人有点如堕入雾里云里一样，摸不着头脑了。

笑也要会笑，笑得好，丫环会做上夫人；笑得不好，得宠的也要打入冷宫。笑也要掌握个度，一味地哈哈大笑能把人笑死，昔日牛皋笑金兀术不就是个例子。笑也要看场合，人家哭来你却笑，这不是自己送上门来找挨打。有时却不是所有的笑都代表高兴，也不能说所有的哭都代表痛苦，也有那种物极必反的现象，大悲反而大笑，大喜反而大哭。像《甄嬛传》里的皇后娘娘被打入冷宫不仅没有大哭，反而是哈哈大笑，可是这笑声里却让人感到一种透骨的寒冷。

笑无关贫富，无关贵贱。安贫乐道的人，即使是住茅屋也会成天乐呵呵；而那些坐华车、住高楼的富贵子，却未必成天会笑出声来。孔子说过："君子坦荡荡，小人忧戚戚。"生年难满百，长忧又如何？因此，与其每日在忧愁中渡过，何如每日快快乐乐地、充充实实地度过，但愿笑容更正常一点，更真诚一点。人生，让笑容相伴，岂不是更妙。

"哭"说

有人说，人的脸就像一个"哭"字，还蛮有理论地说，人生下来就哇哇大哭，到死去，也是在一片哇哇大哭声中离开这个人世；还要说，人活在世上受苦受难，哪有能满足自己愿望的事情呢？能不像个"哭"字吗？

不过细细想来，持"哭"字者难免有点悲观主义色彩吧。"哭"其实也是人的一种情绪发泄，世上哪有能够一生永远满足自己愿望的好事情呢？毕竟像小孩子一样，因为没有满足自己的愿望，就号啕大哭，只是人在幼年时候发生的趣事。而到渐渐长大明白事理以后，人也会调节自己的情绪，不至于事事不如意就号啕大哭，那不是有点死皮赖脸了吗？因此，于"笑"而言，哭毕竟要少得多。人毕竟是一个很有趣味的动物，他会找乐趣，他会平衡自己的心。唐代诗人王梵志就描述过这样的心理：他人骑大马，我独跨驴子。回顾担柴汉，心下较些子。倘若说自己不如人，但一看还有不如自己的人。

要说人的脸像"哭"字，还有点不恰当，但也并不是就说，人的脸就像"笑"字。人会哭会笑，也会变种种面相，应该是一个复杂体，有时真是一言难尽。但"哭"这个面相却实在避免不了。人在什么情况下会"哭"，那一定是委屈或者失去了至爱的人，才会撼动感情去哭。一般情况下，人是不会哭的。

有句话叫"男儿有泪不轻弹"，还有句话叫"不到伤心不流泪"，所以要让男儿哭，那还真要撼动他内心深处。所以男子的哭，是千金难买。但是三国时期却有一位英雄善于哭，而且哭得好，人们都知道那是刘备。刘备的哭到底有多少真情，到底有多少来自内心深处的，这个恐怕要大打折扣的。"刘备的江山是哭出来的"，这句话恐怕是人们对他的嘲讽。会哭，会作秀，成为刘备四处逃窜借以生存的武器。以汉家的天下落到贼人手里的委屈而四处哭哭啼啼，拉拢与汉家有感情的力量来壮大自己的力量，这也是刘备的政治手段。所以刘备的眼泪其实就是鳄鱼的眼泪，真正痛苦的并不多，其实要说刘备真正哭的原由，恐怕还是他自己没有得到江山的那个野心使然。

刘备会哭，诸葛亮也会哭。在周瑜气死以后，诸葛亮也到东吴拜祭了一趟，拜祭时诸葛亮痛哭流涕。要说此时诸葛亮的哭，到底是真伤心还是假伤心，那恐怕也是作秀居多。倘若是兔死狐悲之类的，那条件还不成熟，因为刘备的敌手还很多，还远没有到"飞鸟尽，良弓藏；狡兔死，走狗烹"的地步。对诸葛亮来说，这不又少了一个强有力的对手。所以诸葛亮哭得连东吴的臣子们都觉得很惊奇，大家看诸葛亮哭得还真伤心，谁能知道那是乐极生悲的哭？因为周瑜不是一个很好对付的人。找摩擦，破坏吴蜀联盟就不乏其人，这样一个反蜀鹰派人物死了，不是搬掉了诸葛亮心中的一块石头吗？压力减轻了，能不高兴？诸葛亮的哭也许还能迷惑一些人，有利于加强吴蜀联盟，减少蜀国的敌人。一哭而得多，聪明的人能不哭吗？对在烈火中举起断椽、舍生而救他的典韦，曹操为之痛哭流涕并厚葬他，其实不乏是真情的流露。这样的哭也许确实是发自内心的，而不仅仅是为了让他的部下效仿那位爱将的忠诚而搞的作秀场面。

因此，一个能令人真正哭出眼泪的人，一定是为自己付出很多的人，或者是为自己付出了很多，但是并没有得到对方理解的人。第一种哭当然是感激的哭，第二种哭当然是委屈的哭，但都是动了真感情，触动了内心。风波亭上岳飞的哭，韩愈在华山上的哭，恐怕就属于后一种吧！

男人的哭如此，那女人的哭呢？动不动就掉眼泪，看落花伤心，观秋月落泪，稍委屈就哭，内心仿佛蓄满一池的清水，只要投进一枚石子就能溢出清泪来。难怪有人说，哭是女人的锐利武器，这话恐怕也有点偏颇。因为女人跟男人比起来，可能更是一个感情动物，女人的承受力弱，哭是宣泄情绪的一种表现。男人也并不是感情不丰富，大概有太多的痛苦都能忍着。眼泪多对他们来说，并不是一件好事情，往往容易被理解为软弱的表现。当然，女人的哭里说到真，其实跟男子一样的，真正触动内心的哭也是不多的。

哭是一种宣泄，也是一种软弱的表现，但愿人生哭少一点，坚强多一点，毕竟，笑比哭好。

"怒说"

盖"怒"实乃人之七情六欲之一大恶魔。

每当人怒气发作，必然面红耳赤，血脉喷张，气血涌动，毛发尽竖，目眦欲裂，有难以作控制状，必见物砸物，见人打人，以尽力发泄其胸中戾气。

当怒之来也，其必气势汹汹，如潮翻浪涌，有冲垮堤坝之态；亦如狂风暴雨，有摧枯拉朽之势。怒之不控，则必导致恶果，理智丧失，斯文扫地，文明不存，或恶言相向，或拳脚相加，大则伤人害己，小则伤身动气，损害身心。故怒不可不控。今有无聊之人闲聊国事，因言语不和，遂生争吵，继而怒气发作，打死友人，酿下大祸。亦有因抗议日本购买钓鱼岛，多地发生打砸烧等破坏行为，以致使爱国行为变成害国行为，亦深为理智之人们所不齿。

制"怒"之戒言，前有古训，孔子讲"人之年少，戒之在斗"。盖血气方刚，易生祸端。林则徐每每以"制怒"之警言悬挂眼前，用以自励；而崔瑗则以佩戴玉器用以自缓，以防戾气横窜。盖因"怒"气发作，惹下无端由的事例太多，而更多成为前车之鉴。古有张飞怒打督邮之祸，后又有责打下属之灾，并为此丢掉性命之教训；亦有刘备怒发举国之兵，为关羽报仇，不听孔明之劝诫及众人之善言，而致兵败夷陵，落得个白帝城托孤的下场。后亦有吴三桂为红颜冲冠一怒，引入清兵南下中原之祸举。

盖"怒"实为理智之大敌，不可不制，不可不防。当怒气来时，当思后果之严峻，后果之难以预料，局面之难以控制，故怒气自消。《内经》称，以恐制怒，不无道理，因为怒则气上行，恐则气下行，故而制怒之法莫若"恐"字。

"恐"字一法亦多在于"联"字，联想"怒"之后果，必然是鸡飞蛋打，同归于尽，人亡政息，则怒状自消；亦可做晴天丽日之联想，多想人生悠游自在之事情，则胸怀自然宽广，眼界顿宽。一想那大海般胸怀的曹孟德能容下作过讨己之檄文的陈琳，不仅不杀他，还竟然赞陈的文章使其全身汗出，头痛顿消；二想那有吞天吐日之志之武则天，读罢骆宾王之讨己檄文竟然不怒，反而哑笑宰相失察，没有发现这个人才；三想共产党人捐弃前嫌呼唤全民族团结起来共同抗日的民族大义。

"怒"之疗治一大法还莫若学儒家之爱人之道，学道家清淡之说，学佛家虚无之理。则人之胸怀渐大，容人之器量也会非凡。凡此种种，都是涵养身心、涵养气量的大教材，故当懂得民族大义，家国之难。当胸怀天下苍生之时，一切鸡毛蒜皮之事都不过是一砖一瓦之绊脚石，没有必要计较在胸。韩信能受胯下之辱，勾践能卧薪尝胆十年，娄师德能唾面自干，都是想的大担当。正如一禅家语："今有人侮我，辱我，慢我，笑我，藐视我，毁我，伤我，诈谝欺我，则奈何？答曰：子但忍受之，依他，让他，敬他，避他，苦苦耐他，装聋作哑，漠然置他。冷眼观之，看他如何结局。"而这何尝不是一种大境界。

故而制"怒"这一恶魔，自有理疗办法，这就是：胸怀天下，胸怀正义，胸怀人民，明确大是大非，公私分明，不为个人之鸡毛蒜皮之事争个高低；处事明智，能分清是敌我矛盾还是人民内部矛盾；处事有度，为正义之事业，敢于挺身而出，怒而有理有节，为国家人民赢得尊严。

做一个谦虚的人

  我们单看一个"谦"字，从言，兼声，本义"谦虚，谦逊"。《说文》按：谦，敬也。《易·系辞》说道："谦也者，致恭以存其位者也；又谦者，德之柄也。"我们通常形容一个人良好的修养，用"谦谦君子"来形容；《尚书·大禹谟》也写到"满招损，谦受益"。《易·谦》里写道：谦谦君子，卑以自牧也。可见，在中国的传统经书里，谦虚是多么重要的一个精神品质。

  除了古人的精当解释外，其实"谦"字还有多重内涵，"谦"字与"满"字相对，意味着"不满"；当然，于"满"而言，除了"骄傲"外，还有"满足"之意。不满是向上的车轮，鲁迅先生说得多好啊！倘若一个人取得了一定的成绩，而沾沾自喜不再努力，自以为已很不错了，这其实就很危险了。"谦"者必虚，就像一口深井一样，不断地能够蓄纳水流。而"满"者呢？则必然像一口水缸一样，盛满了水就以为自己了不起，这其实是非常危险的。

  老子云：人贵有自知之明。《庄子·秋水》里写到：夏虫不可以语冰，井蛙不可以语海。《荀子·劝学》里写到：故不登高山，不知天之高也；不临深溪，不知地之厚也；不闻先王之遗言，不知学问之大也。俗话说：山外有山，人外有人；莫逞强，强中更有强中手。自满的人往往就是鼻子朝天，一副小人得势的样子，常常表现得目中无人，威风八面，大话吓人，好像自己就是天下第一的样子。其实，这才是极其缺乏修养的表现。

现在的国人，跟古代文教兴盛时代的国人相比，个人修养其实相差甚远。"谦谦君子"这只能在很少的人身上体现了。有些国人，一旦在某些方面取得芝麻大一点成绩，就骄傲的不得了，尾巴翘得老高，一副俯视众人的样子。在众人面前表现为：不顾忌讳，大口吐痰，翘二郎腿，对别人指指点点，臧否人物，好像天下惟已独尊的样子。这其实是危险的开始。

"满招损，谦受益。"古人已经说过了的话，也是对历史经验的总结，并非是空穴来风。一个人翘尾巴，就是"满"的体现，这其实意味着他很自满，很得意，很有成就感，很有地位感，很有尊严感。这其实只是肤浅、粗鲁、无知、无教养的直接体现，就像一位目不识丁的暴发户，自以为自己很了不起，其实和真正的大佬比起来，自己不知还要相差多少倍呢？

做一个谦虚的人，在任何时候都应该如此。谦虚，是修养、内涵、学识的体现，更是一个人精神风度和人性品格的外在风采。著名作家贾平凹写了一千五百多万字的散文、小说等，获得了国内外诸多大奖，但依然不骄不躁，虚心学习，勤于笔耕，几乎每两年就写出一部长篇小说。这在他身兼数职的情况下，还能如此勤奋，笔耕不辍，不断写出精彩叫响的作品，的确不易，而这在于他的虚心。

虚心者，必不自满。他以自己的家乡——秦岭为素材不断地去挖掘其中的精彩神韵，不断地去探索其中的民族元素，确是每一位从事文学创作工作的人需要学习的地方。他曾经说道："我对自己的作品总是不太满意，感觉到还没有写出秦岭的神韵内涵，这就逼迫着自己不断地去写，去超越自己。"

　　正是凭借这一种精神，他才取得了写作上的诸多成就，赢得了读者的信赖。虽然自己头上的光环无数，但他依然不骄不躁，以一位平凡人的姿态与大家笑语相谈。当他说到自己不会说普通话时，他幽默地说了句"普通话是普通人说的话"，惹得大家笑声一片。他的幽默，发自内心的是自信，是聪慧，更是"谦谦君子"的形象。

　　因此，做一个谦虚的人，永远保持低调、谦逊的姿态，永远看到自己的不足，永远不自满，那么，你不仅会赢得别人的尊敬，更能取得更大的成就。谦虚，是有福人的品质；是优雅人的体现。

　　从今天起，做一个谦虚的人。

戏说"对手"

人皆以有对手为忧，而我以有对手为喜；人皆以无对手为喜，而我以无对手为忧。人没有对手，就如鹿群里没有了狼，鹿的数量不仅没有增加，反而大大减少。

狼的存在增加了鹿群的危机意识，鹿群反而健步如飞，奔跑速度不减，生命活力不衰；而没有了狼，鹿群悠游自在，放松了警惕，减缓了奔跑的速度，体重肥胖，活力衰退，于是数量大大减少。对于鹿群来说，有对手应该是福，无对手应该是祸。

对于人而言，其实道理一样，没有狼一样的对手，人也会像鹿群一样，生命活力大大衰减，危机渐渐迫近。李白有一首诗讽咏道："越王勾践破吴归，战士还家尽锦衣。宫女如花满春殿，如今只有鹧鸪飞。"这首诗尖锐地指出了越王勾践打败对手以后，逐渐丧失警惕，最后也同样落得和吴王一样下场的悲剧。想那勾践卧薪尝胆之时，强敌林立，虎视眈眈，他哪里敢放松警惕！为了发愤图强，他只好过着比普通百姓还艰苦的生活，卧柴薪，尝苦胆。正是强大的对手，使勾践励精图治，发愤图强，在二十年后一举消灭吴国。孟子讲："生于忧患，死于安乐。""入则无法家拂士，出则无敌国外患者，国恒亡。"其实就是对于历史经验的高度概括。

道家讲，相反者相成也，阳盛者阴以抑之，阴盛者阳以提之。阴和阳，本身就是一组矛盾，然而正是因为矛盾对立的双方才有了矛盾双方的互生。倘若无阴，也就不会有阳；同样，倘若无阳，阴也就不会存在了。阴和阳的存在，恰如两个狭路相逢的对手一样，任何一方的消失都会导致另一方的灭亡。因此，有对手是福，无对手是祸。

既然如此，那么在生活中，为了激励自己不断奋斗，不妨找来几个对手，磨炼磨炼自己，以防止自己也像那些失去了狼的鹿群一样，渐渐地衰落了下去。这样看来，对于对手，我们也要学会欣赏，欣赏对手的才华，欣赏对手的能力，假如我们的对手才华越好，能力越强，岂不是正是一步步提高历练自己的机会。

记得三国中周瑜曾经意气风发，才华横溢，可是，在遇上诸葛亮这样高明的对手时，他何尝不是心中佩服，绞尽脑汁使用计谋。即使在遇到挫败时，他也会感慨地说："既生瑜，何生亮？"国共内战时，蒋介石何尝不是对对手毛泽东的才华欣赏有加，毛泽东的《论持久战》，蒋介石更是给部队将官人手一册，作为学习的教材。欣赏对手是不断地学习和历练，也是自己不断超越的必要激励。

拥有对手的人生应该是精彩的，而没有对手的人生也许就是灰暗的。庞涓和孙膑，刘邦和项羽，鲁迅和他的敌手们，倘若去掉了任何一方，也许他们的生命的光彩就要打折。

没有对手，人生是多么暗淡；而有了对手，人生就有了精彩的可能。拥有对手，不是祸而是福。无论怎样的风雨也不会让你的宝剑生锈、腐烂，因为，在它的身边，时时有一块磨砺它的磨刀石。

你是千里马吗？

心理学家说：人除了自身需要外，还有一种"被需要"心理，这样人才能实现自己的人生价值。此言在理。因为个人的需要毕竟是向内，为己的，而"被需要"则是向外，为人的。其实任何一个人，都不是绝对自私的，他有利己的一面，更有利人的一面。我们常说：人人为我，我为人人。就是这个道理。

而人，往往是把自身需要和为人需要相互结合。但是，这里就涉及一个问题：别人为社会、他人贡献了自己的才智，而你呢，也想为社会、为他人贡献自己的才智，可是，没有才智如何贡献呢？倘若我们抱怨没有伯乐欣赏自己，那么，有了伯乐，你是千里马吗？

因此，有了这个反省意识，反倒可以促进我们的进步，我们才能做一个明白人，做一个对社会有用的人。要做一个对社会有用的人，我们必须在青少年时期勤学苦练，只有掌握好各门学科的基础知识，才能为今后的术有专攻打下坚实的基础。

譬如秦朝时期，生于楚国名门之后的项羽，从小就立有大志，在老师的指点下，他的剑术武艺提高很快。然而，在此情况下，他还是很不满足，感觉一个人仅仅逞匹夫之勇是不够的。因此，他对师傅说："一人敌不足学，请学万人敌。"于是，师傅又教他行军布阵兵法，统领军队本领。果然，在秦末风起云涌的起义风暴下，项羽因为卓越的军事才能和指挥才能很快将秦朝军队打得节节败退。成语"破釜沉舟"就来自他的故事，正应合了兵法所讲的"置之死地而后生"的道理。倘若项羽没有"万人敌"的本领，怎么能够在众多的义军里脱颖而出呢？怎么能够为各路诸侯佩服呢？因此，一个"西楚霸王"的美誉也不是虚名，而是靠着自己的实力获得的。所以，一个人，只要拥有了惊人的才华和能力，就不要担忧自己被埋没、被忽视。

渴望为社会所用，实现自己的人生价值，也是中国传统文化的精华。孔子说过：士不可以不弘毅，任重而道远。孟子也讲：达则兼济天下，穷则独善其身。到了清末顾炎武更是强调：天下兴亡，匹夫有责。林则徐更是身体力行这样的誓言：苟利国家生死以，岂因祸福避趋之。一代又一代仁人志士为我们留下了做人的启迪和榜样，我们怎能不虚心向他们学习呢？

须知，当初隐居南阳的诸葛亮也并非要做一个真正的隐士，否则，他就不会在隐居期间熟读兵书，历练自己的智慧；他也不会去下功夫踏山勘水，熟悉山川地理形势。他这样做，还是不想默默无闻，终老南山。从骨子里来说，他还是想有一番作为，为帝王师。正是这样的准备，才使他能够冷静地观察天下大势，待时而动。当一代枭雄刘备三顾茅庐之时，一篇《隆中对》的精彩分析，让刘备心服口服。最后，刘备毅然请他出山，担任军师，指挥全军，最终，奠定了"天下三分，三国鼎立"的局面。

因此，一个人渴望被赏识、被重用，就像蓝天上千姿多彩的白云渴望被摄影家赏识，变成他们眼中美丽的照片，为人们赞赏；像美丽的花朵渴望被画家所赏识,变成他们眼中美丽的绘画,为人们所品评;像可爱的山川渴望被作家所赏识,变成他们眼中美丽的文字,被世人所传颂;那么,这样的前提就是:"你是千里马吗?"倘若还不是,那就努力吧!请相信,是金子永远不会被埋没的。

"嫉妒"是一种什么病？

"嫉妒"实在是一种很不好的心理病症。这种病症的主要特点表现为对别人所取得的成就比自己大或者强而产生的一种不服气的心理。

争强好胜是人性的特点，本无可厚非。因为没有人不希望自己活得比别人更好、取得的成绩更大、站的位置更高；然而，现实生活中的人和人毕竟是有各种差距的，人人要想做出比别人更大的成就那也是不可能的，正所谓"尺有所短，寸有所长"，上天是公平的，也是不公平的，这应当是自然辩证法的原则。然而，有些小心眼的人却分明不理解这个原则，不懂得这个道理，嫉妒之心横生，小则对别人中伤诋毁，大则恶言恶语攻击、发毫无根据的言论，甚至唯恐别人不从自己眼前消失，方才解心头之恨、消莫名之火。

其实细究嫉妒者之心态，无不是希望自己比别人强，比别人活得更好，这本无可厚非；但是嫉妒者往往不是从自己身上寻找原因，而是从别人身上查找问题。孔子说过："见贤思齐，见不贤而内省。"倘若自己比别人落后，按照孔子的解释，不是别人的过错，而是要从自己身上查找原因，解决问题，只有向别人学习，把别人作为自己的一面镜子，这才是消除对别人取得成绩而产生的不服气心理的正确办法，而不是一味地抱怨别人的问题。

"既生瑜，何生亮？"这就是一种严重的嫉妒心理的表现。一个人，既然认识到自己不如别人，那么正确的做法就是奋起直追、发愤图强，乃至于卧薪尝胆、枕戈待旦，方才有超越别人、战胜别人的可能；而倘若抱着既不努力，也不奋斗，却还想过上比别人更好的生活，站到比别人更高的位置，这样导致的结果就是一种想当然。梦想天上掉馅饼的事情那是绝对不可能的。当然，从深处来讲，这种心理本身就是缺乏正确的人生观、世界观、劳动观而造成的。

矫正的方法就是我们应当树立马克思主义的劳动观、发展观，坚信别人的一切成绩都是通过自己的勤奋努力得来的，而不是天上掉下来的。要想收获，就要勤于耕耘，舍此别无他方；而倘若自己不努力、不奋斗，还一味埋怨别人、指责别人，就是一种病态了。这种病态心理就是嫉妒。因嫉妒而产生仇恨，因仇恨而产生伤害别人，正如有言形容"妒火烧毁了理智"，这就容易冲破做人的底线，倘若发展到这一点上，就是十分可悲的事情。

历史上著名的以妒火中烧而残害英才忠良的事情确实不少。战国时期的庞涓和孙膑就是一例。庞涓和孙膑本是同出一门的师兄师弟，因为孙膑受到魏王重视，庞涓恐怕自己受到冷落，所以就一味地陷害打击孙膑，直至孙膑装疯卖傻才算逃出庞涓的魔掌。到了最后，庞涓因为自己的刚愎自用和骄横一世而兵败马陵道，成为千古以来人们茶余饭后的谈资和笑料。这是一个不可不借鉴的反面教材。"本是同根生，相煎何太急"，本来同出一门的师兄师弟正好可以相互借鉴学习来提高自己，谁知却发展到同门相害的境地。倘若庞涓能欣赏对方，学习对方，何至于落到同门相残的地步。

其实与此相似的例子不少，如李斯和韩非子。李斯因为嫉妒韩非子的才能和学识，加上韩非子受到秦王重用，故设计陷害韩非子，可怜一代颇有著述的法家创始人最终却倒在同门的刀下，岂不可悲？而这件事情也着实让李斯蒙羞千古，其卑鄙的人格历来为人们所唾弃。史书记载战国末期楚怀王的妃子郑袖因为妒忌怀王新纳的美人，于是便设计陷害，使美人无辜受祸被割鼻。郑袖居心险恶，后人论及此事，免不了感慨一番。

古人有句"同美者相妒，同道者相害"。其实就是批评嫉妒者的阴暗心理。倘若抛弃这一种狭隘的变态心理，变"同美者相赏，同道者相济"，那么，社会的道德风气不是就好了吗？人们的进步不就更快了吗？我们的社会不就更人才济济、兴旺发达了吗？

说生气

　　俗话说：百病生于气。生气，不可谓小事也。倘若别人不气，你来气，气出病来无人替，到最后吃亏的还是自己。所以，别人气我，我不气，劝君最好莫生气。

　　夫生气，多源于主客观方面的不和谐。一方面是个人主观愿望和客观现实环境存在很大的差距，两者产生了鲜明的反差而致。一方面是个性锋芒太露，过于张扬而致他人嫉妒讥诮。所有这两个方面加起来，都形成了生气的基本原因。因此，解决生气的办法也很简单，一方面调节自我心理期待，正视现实，自己能干的事情自己干，自己不能干的事情就不要勉强干。出力不讨好的事情，做了也是白做，只能让人生气。另一个方面个人有了成绩，宣传不宣传？不宣传，人不知；宣传了，人嫉妒，人眼红。本来好事宣传一下，让大家知晓下，本是好事，鼓舞自己，鼓舞别人，是一件弘扬正能量的事情。可是，总有人眼红，害嫉妒病，就好像别人家添了孩子，自己就不高兴一样。可是，别人家添了孩子，那是人家的喜事，的确该高兴的事情，为什么不让人家高兴呢？你说你这嫉妒是哪门子病呢？网络上看到文友们发表了文章晒晒，获奖了亮亮照，在我看来都是蛮好的事情。我不仅犯不着嫉妒他们，我还羡慕他们呢？为他们取得的成绩和荣誉而高兴呢！

然而，生活中总有一些人，就是不干事情、还说风凉话。这种人见不得别人取得的一些成绩，更见不得别人的宣传。他阴在角落里，爱给人说风凉话，不是戴这个帽子，就是戴那个帽子，反正就是要把你说坏，丑化你的形象，让你瞧了生气。本来很高兴的事情，就让这些人大煞风景。鲁迅先生说到一个经典故事：一户人家添了孩子，给孩子过满月，大家都说这个孩子将来好，也算个祝福的话吧！可是，偏偏有人说这个孩子将来是要死的。你说这个人是不是该找打，算不算个丧门星。估计，说这个话的人，也是出于嫉妒心理吧！然后用说这个话来寻找自我心理平衡。如果要分析原因，就只有这个因素了。否则，再没有比这个更坏的心肠了。人性的阴暗也往往在这里，别人家的喜事你不贺也就罢了，也来不得这般胡糟蹋。心里太阴的人总爱干那些见不得人、损人不利己的事情。

幸好，这样的人并不多，一件好事情，有人喝彩，是好事，说明他善良，他盼你好；没人喝彩，路过也行，说明他觉得没啥意思，这样的人也不算坏；可是，却有人见不得别人起了楼，他却偏偏要放一个屁，你说生气不生气。但是，你不要生气，你一生气，你就上当了，这个人的话正是要气你的。所以，又回到了开头，别人气我，我不气，气出病来没人替。

所以，做人还是大度些。因为，世界上就这三种人，你是躲不过的：帮你的，中立的，反对你的，你都躲不过，回避不了。所以，你把他们都作为你的朋友。帮你的，鼓舞你，你要感谢他的鼓励；中立的，没有任何态度的，你也要感谢他，是因为你还没那么出色；反对你的，姑且就承认自己太张扬，太爱表现，太爱炫耀才能等，所以他打击你一下，让你收敛一下，学会做人要低调。

　　做人做到了这个境界，你还生气吗？当然不生气了，不生气了，那么，就好好干，该怎么干还怎么干，只要不干违法犯纪、伤人损德的事，你只管干。你有成绩就宣传，人不要委屈自己；你想做事就宣传，人不要让人当你是傻子，工作做了没人知。你只管埋头做下去，干出新业绩，干出新境界，干出新天地，让他生气去吧！呵呵！

出名要趁早吗？

　　张爱玲说："出名要趁早。"于是，一句话惹得许多人丑态百出。
　　家长有盼子成龙、盼女成凤而揠苗成长的。一个小小的孩童，尚且上幼儿园本该是和小狗狗们玩耍的童真年龄。谁知，节假日，家长们不是让孩子们学神墨珠心算，就是学舞蹈、演讲与口才，等等。一个本该是生气玲珑的美好童年，就这样被各类补课班剥夺了。可怜的孩子们，还有美好的童年吗？这种急于成名的心理，不仅存在于家长对子女的态度上，也存在于对自己的态度中。
　　出名，当然，是每一个人梦寐以求的事情。但是，各行各业名家众多，要想真出大名，还着实不易。说到名气，一定会与业绩有关。试想，你业绩平平，怎么能够出名呢？因此，要想出名，先要把业绩搞好。业绩搞好了，名气自然就来了。
　　大凡人成名，都得经历这么几个过程。专利或成果发表、获奖，得到专家认可、权威部门认证等。当然，获得的级别越高，名气越大，像世界级诺贝尔奖等。当然，如此大奖之类对于芸芸众生来说，一辈子都是痴心妄想。所以，生活不是以获奖为目标，生活是以生活为目标，这才是每个人实实在在的事情。生活是什么？生活不就是柴米油盐酱醋茶吗？生活不就是生老病死吗？好长时间没见一位同学，见了面，我问："忙什么呢？"老同学答："生活。"对，我的这位可爱的同学说得多么好啊！"生活"，这才是我们每个人享受的权利。是的，我们都要生活，都要娶妻生子，都要养老送终，都要迎来送往，都要交朋会友。生活就是如此，才能显得丰富多彩，才能显得每一个细节都充满了无形的张力。而在生活的海洋里，像成果发表、获奖才是多么小的一个环节啊！可是，你也不要忽然这个环节，这个环节虽然小，但有时却事关全局，可谓牵一发而动全身。

试想，我们安身立命的地方是什么？不就是我们的事业或者职业吗？倘若我们连安身立命的事情都没有做好，那还能心安理得吗？当然不能，因为，事业或者职业就是我们的生命线。我们的生活要幸福，要美好，先得把自己的事业线做好。事业线做好了，我们不仅有一份可靠的收入保障，而且还会获得更多人的认可与尊敬。因此，生活看似千头万绪，但一定要把自己的事业做好，因为这是生活幸福的前提。

人从事某一业，先得敬其业。这是做好事业的前提。因为，人只有敬其业，才会爱业，才会勤勉，才会孜孜不倦，才会永不懈怠。世上无难事，只怕有心人。只要你敬于业，乐于业，勤于业，即使天资一般，也会成为行业里的佼佼者，受到领导和同志的尊敬。当然，倘若你还不满足，想在行业里出大名，那么，除了上面所具条件以外，你还得研究，还得付出。如人付出一，你付出十；人付出十，你付出百；人付出百，你付出千。你得在你的领域有所总结，有所研究，有所发表，有所获奖，等等。这样，你就容易出类拔萃，成为行业里的领军人物。

名人的名气很大，都是与他们毕生不断努力，做出了很大贡献有关。一个人，不仅要着眼于眼前，还要着眼于未来。如果取得了一定的名气，那么，还不够，还要加倍，不要懈怠。因为，只有你的努力，才会让你获得更大的奖项的可能。因为只有获得更大的奖项，获得更高一级的荣誉，才会让你的名气如雷贯耳。

　　当然，修德与立名是相辅相成的，一个人，只有才德兼修，也才能让名声保持得更长久。反之，一切为了出名而出名的努力，不仅不会出名，还会砸了自己的招牌。因此，出名，不要急。因为，出名，不是生活的目的；出名，只是生活的一朵浪花。因此，一个人想出名，前提是把自己的事业做好，再向更深更广的天地努力。